Giselda Laporta Nicolelis

MACAPACARANA

27ª edição
2019

editora scipione

Copyright © Giselda Laporta Nicolelis, 1982.

Direção Presidência: Mario Ghio Júnior
Direção de Conteúdo e Operações: Wilson Troque
Gerência editorial: Cintia Sulzer
Editora: Sonia Junqueira
Assistente editorial: Henrique Félix e Barbara Piloto Sincerre
Revisão: Hélia de Jesus Gonsaga (ger.), Kátia Scaff Marques (coord.),
Rosângela Muricy (coord.), Célia Carvalho, Diego Carbone,
Gabriela M. Andrade e Hires Heglan
Arte: Daniela Amaral (ger.) Erika Tiemi Yamauchi (coord.)
e Nathalia Laia (edição de arte)
Projeto gráfico: Sérgio Fernando Luiz
Capa e grafismos: Nathalia Laia
Preparação de texto: Helena Bittencourt
Diagramação e arte: Zildo Braz

Todos os direitos reservados por Editora Scipione S.A.
Avenida das Nações Unidas, 7221 – Pinheiros
São Paulo – SP – CEP 05425-902
Tel.: 4003-3061 | atendimento@aticascipione.com.br
www.coletivoleitor.com.br

Dados Internacionais de Catalogação na Publicação (CIP)

Nicolelis, Giselda Laporta, 1938–

Macapacarana / Giselda Laporta Nicolelis. – 27. ed. –
São Paulo : Scipione, 2019.

ISBN: 978-85-474-0244-0

1. Literatura infantojuvenil. I. Título.

2019-0205 CDD-028.5

Júlia do Nascimento – Bibliotecária – CRB-8/010142

2022
ISBN 978-85-4740-244-0
CL: 742366
CAE: 654555

27ª edição
6ª impressão
Impressão e acabamento:Bartira

Em defesa da Amazônia

A história relatada em *Macapacarana* é, antes de tudo, o conhecimento de uma realidade brasileira a que bem poucos têm acesso.

Gerson Luiz, um adolescente de 16 anos, logo no início da história vê-se praticamente dividido entre dois mundos: um no qual vivia, São Paulo, e outro que mais tarde viria a conhecer, Macapá, para onde se mudaria com sua mãe, já que o pai dele trabalhava lá e necessitava do apoio da família.

Mudando de cidade, Gerson encontra um lugar novo, repleto de matas, de rios, de garimpos de ouro e de pessoas com quem estabelece novos vínculos de amizade e de solidariedade.

Contrariando a vontade do pai, Gerson resolve seguir seus estudos, tendo, porém, um objetivo maior como meta de vida: resolve ser médico para ajudar o povo desamparado que conheceu na Amazônia.

Embarque com Gerson e desvende com ele os mistérios da Amazônia!

I

Tarde bonita de sol. Estava brincando com o Trampo e o Trambique, meus dois cachorros, quando a mãe chamou:

— Teu pai no telefone, Gerson!

Larguei o Trampo e o Trambique e fui falar com o pai, ligando lá de onde ele vivia, em Macapá. Pra mim era como se fosse do fim do mundo.

— Alô, alô, filho? — falou ele do outro lado.

— Oi, pai, você está bem?

— Mais ou menos, filho — disse ele. — Peguei uma maleita das boas. Fiquei uma semana no hospital.

— Coitado, por que você não larga esse serviço e volta pra São Paulo, pai? Eu não faço questão de ficar rico, não, sua saúde é mais importante...

— Tive uma ideia melhor — disse ele. — Tua mãe vai dizer; agora eu preciso desligar que ainda estou meio fraco, de vez em quando me bate a tremedeira...

— Tchau, pai.
— Tchau, filho.
— Coitado do pai — falei pra mãe. — Ele pegou maleita.
— Nós precisamos tomar uma decisão, meu filho — disse ela. — E acho que vai ser muito difícil, especialmente pra você...
— O quê, mãe?
— A gente vai ter de ir morar com seu pai lá em Macapá pra cuidar dele.
Foi então que o mundo inteiro caiu em cima de mim.

Minha nossa, que correria... os dias seguintes passaram tão rápido que quando dei por mim já era véspera da viagem. O pai não pôde vir buscar a gente, ia esperar lá no aeroporto de Macapá. A mãe, tratando da mudança, que ficou uma verdadeira fortuna. Pudera, quase um mês por estrada de rodagem até o Pará, depois pelo rio até o Amapá.
A casa vazia, apenas duas camas e as malas com roupas. Comendo de pensão, uma comida horrível. Tomando vacina contra febre amarela, que o pai cismou que vai me levar pro garimpo, "pra eu aprender a ser homem". Pedindo transferência na escola, fazendo as provas do primeiro trimestre, despedindo dos amigos. Uma loucura. Sem falar na Yuri, a minha namorada, que eu paquerei durante um ano até ela dizer sim. Yuri, do cabelo preto caído nas costas e olhos verdes que se encheram de lágrimas quando eu contei que ia embora pra Macapá...
Dia da viagem. O Trampo e o Trambique num cesto especial, embarcados na carga do avião. A turma inteira no aeroporto, a diretora deu dispensa das aulas, e a Yuri vindo correndo me encontrar. Eu sem saber se banco o tal "homem" e não choro, ou abro o maior berreiro. Vence a emoção, me abraço à Yuri e choramos juntos, a turma em

volta enxugando o nariz, passando a mão nos olhos, fingindo que nem está aí...

Quando o avião subiu, me deu aquele desespero, chorei de novo. A aeromoça pôs a mão na minha cabeça:

— Tudo isso é medo, rapaz? Espera que eu te trago um calmante.

— Que medo, que calmante, pô. Eu tô é puto da vida. Uma vida de caixeiro-viajante, sem raiz nenhuma. Quando começo a me acostumar com um lugar, pronto, lá vem o pai com a conversinha dele, e eu e a mãe fazemos as malas e seguimos atrás. Isso é vida?

Nasci no Paraná, numa noite de temporal, na fazenda que o pai tinha por lá; quem serviu de parteira foi a Bá, que já havia criado a mãe e ajudou a me criar também e agora mora com a vó em Curitiba. O pai, pra variar, estava tentando a vida em Porto Alegre. Depois fomos todos morar em Curitiba. O pai abriu uma loja e não deu certo. Ele se mandou pra São Paulo. A mãe então me internou num colégio de freiras, acho que ela acompanhou o pai, nem me lembro mais.

Fiz o diabo no colégio. Tinha um castigo que era ficar virado pra parede e eu... vivia virado pra parede. Apanhava de varinha de marmelo das freiras, porque entrava na clausura delas, e ficava sem ver televisão porque chupava as frutas do pomar, sem ordem.

Bem em cima da minha cama, no dormitório, tinha um buracão no teto. Os colegas diziam que de lá saía lobisomem pra pegar moleque levado e eu varava noites acordado, olhando pro desgraçado do buraco. Que sufoco!

Eu também tinha uma pinta na mão, bem preta. Eles diziam:

— Se cair, você morre, cara!

Então, eu vivia segurando a pinta. — Pode?

Escala em Brasília. Só o tempo de abastecer o avião, comprar revistas, chocolate, a mãe sem saber o que fazer pra me agradar. De novo no ar, rumo a Belém, meu pensamento firme em São Paulo, lembrando da turma e do meu amor, a Yuri. Será que ela me espera? Em Macapá tem só até o segundo colegial, e estou no primeiro. Volto pra terminar o segundo grau e fazer a Faculdade. Me espera, Yuri, por favor, me espera, não me esquece, tá?

Belém do Pará, espera de seis horas. Tempo de comer um caruru, que eu adoro, tomar sorvete de cupuaçu, ver a baía de Guajará, os casarões da cidade velha, visitar o forte do Castelo e pagar promessa da mãe na igreja das Mercês, de onde sai o Círio de Nazaré na procissão famosa do segundo domingo de outubro; e, de quebra, pegar a chuva diária, que não falha.

De novo no avião, a terceira escala pra Macapá, tipo ponte aérea Rio-São Paulo. Só que estou indo para o faroeste brasileiro, sei lá, tô me sentindo meio perdidão numa ilha, apesar do Amapá ser continente, dizem. Vou lá conferir. Não é à toa que a Clarice (professora de História e Geografia e madrinha de formatura do primeiro grau, querida à beça) me botou o apelido de Robinson Crusoé do Amapá. Mais longe, impossível, só mesmo perdido numa ilha do Pacífico... e ainda me encomendou um tipo de diário, que ela quer fazer um livro sobre as minhas experiências no Norte.

A mãe puxa conversa:

— Tudo bem, Gerson?

Olho de viés, nem respondo. Tudo bem o quê, pô. Tô cheio de mudar, quero viver numa cidade só, ter amigos de verdade. Quando eu começo a fazer amigos... lá vamos nós. Depois reclamam que não sou bom aluno; pudera, mudando de escola como quem muda de camisa. Mudando de cidade, de amigo, de cachorro... Dessa vez o Trampo e o Trambique vieram junto porque a mãe é doida por eles, duas miniaturas, dois *pinscher* que são uma graça.

Acho até que vou gravar um disco: "Meu nome é Gerson Luiz, mas me chame de Bolanga. Conheço o Brasil inteiro, adoro futebol e dou um soco na cara do primeiro filho da mãe que disser que homem não chora".

II

Macapá.
O pai esperando no aeroporto, sorriso de orelha a orelha. O abraço na mãe, em mim — tá mais magro, olheiras profundas, recém-saído da crise de terçã, como eles chamam a malária por aqui. Não está curado, ela pode voltar a qualquer momento.

Entro no carro — o pai comprou um carro amarelo, bonito —, não demora muito, reparo:

— Terra, pai? Cadê o asfalto das ruas?
— Só algumas ruas têm asfalto, meu filho, a nossa por exemplo.

"Faroeste mesmo, tô perdido", resmungo.

— Esse menino está estranho — reclama a mãe. — Não falou comigo a viagem inteira.
— Enjoou, filho? — pergunta o pai, sorridente.
— Não — digo, seco.
— Olha lá o burro! — aponta o pai.

— Que burro?

O pai para o carro perto de um burro enorme, escuro, que fuça em uma lata de lixo.

— Ele não tem dono, é conhecidíssimo aqui; fuça no lixo como cachorro, pela cidade inteira.

— Burro vira-lata — digo, desanimado, enquanto a mãe cai na risada: — Essa é boa, Gerson.

— Não tem nada de original — resmungo. — Se ele fuça na lata, ele é um burro vira-lata, grande coisa.

— Tá de mau humor, hein, Gerson?

"Espere só pra ver" — penso, sem responder.

O burro sai devagar de perto da lata e, só então, um vira-lata mesmo, um cachorro malhado e de pelo sujo se aproxima pra mexer no lixo. Questão de hierarquia, presumo, desanimado. Depois do burro o cachorro, depois do cachorro, o quê?

— Nossa casa é linda! — diz o pai, tão animado que me dá pena. A pena não dura muito, a raiva é maior. Acho que nem no colégio das freiras eu senti tanta raiva.

Nossa casa, casa deles, minha casa... a casa em que eu vou morar, ano e meio de aflição, de contar os minutos, horas, dias, pra voltar pra São Paulo, pros meus amigos, pra Yuri, pra escola...

A casa.

Térrea, três quartos enormes, dois banheiros, um dos quartos tem até ar-condicionado (o calor está horrível de noite, imagine de dia!), sala, cozinha e quintal.

O quintal é um caso à parte. Tem pomar (amanhã vou conferir), com tudo que é fruta. O pai diz que são deliciosas. Lá no fundo do quintal tem ainda um galinheiro com galinhas, pintos e um galo que, diz o pai, canta bonito a noite inteira (que saco), e... num chiqueiro, "uma surpresa"...

— Surpresa, pai? — pergunto curioso.

— Já ouviu falar em pacarana?

— Pacarana? Que diabo é isso?

— É um bicho, filho, como um porco, vive no mato, dorme de dia e sai de noite pra comer frutas e folhas. A carne é deliciosa. Um amigo meu foi pro Rio, pediu pra eu tomar conta da pacarana, que, além do mais, é um animal em extinção; ela está prenhe.

— Pacaraninhas — falo, desanimado. — Só me faltava essa.

— Quer ver ela agora?

— Amanhã, pai, tem tempo...

— Credo, Gerson, que desânimo. Gostou da casa? — pergunta a mãe.

— Gostei.

— Quando chega a mudança, Gabriel?

— Ainda demora uns dias.

— E como a gente vai viver? — assusto.

— Dorme em rede por enquanto — ri o pai. — E come em restaurante. Pronto, não dá pra morrer, dá?

Sempre a mesma história, parece até que eles decoraram a resposta. Agora, dormir em rede, cuidar de pacarana prenhe, aguentar canto de galo de madrugada, rua de terra, burro vira-lata... pelo amor de Deus, o que eles pensam que eu sou? Bandeirante?

— Faz de conta que você é um bandeirante do século vinte — diz o pai como se flagrasse o meu pensamento.

Ainda bem que segurei a língua, senão... meu pai é paciente, mas quando fica bravo... a terra de Macapá ia levantar poeira logo de início.

Rede.

Quem sempre dormiu em rede, deve gostar claro. Quem nunca dormiu, experimente; mas sozinho no quarto, pra xingar à vontade; pra se virar de tudo que é lado, enrolado, desenrolado, atrapalhado, sonado e ainda por cima suando em bica. Decididamente, não vim ser só bandeirante, eu vim foi ser mártir, o primeiro mártir brasileiro devorado em Macapá pelos pernilongos; isso aí, pelos pernilongos; eles não são insetos, são umas feras carnívoras e vampirescas... sedentas do meu sangue.

O pai entra no quarto, acende a luz:

— Desculpe, filho, esqueci de comprar mosquiteiros.

— Pernilongueiros, o senhor quer dizer.

— Dá na mesma. É só o começo. Depois a gente até acostuma.

— Tá brincando... tem onça também?

— Aqui não, filho, mas no garimpo tem; você tá com vontade de ver alguma?

Nem respondi.

O pai comprou umas toalhas de banho, de rosto, coisas mais necessárias. Só que esqueceu o mais necessário, o tal mosquiteiro. Vai ser como aqueles filmes na África, de safáris. Será que ele falou sério das onças no garimpo? Tava bom pra turma ouvir isso, a Clarice então... ela não vai escrever um livro de curiosidades, vai acabar escrevendo um livro de caçadas.

Passo a noite quase em claro — a tropa de pernilongos trabalha unida e, ainda por cima, quando eles dão um pouco de sossego, o diabo do galo lá no quintal canta desatinado e eu acordo, e tem um ronco assim como se fosse um porco fuçando na terra; deve ser a tal da pacarana prenhe. Pacarana, pacarana, até parece barulho de trem...

O calor, à medida que o dia clareia, vai ficando de amargar. Se de madrugada é isso, ao meio-dia vai dar pra fritar um ovo na minha cabeça. Economia de gás.

III

Falando em gás... no dia seguinte descubro que o gás que o povo daqui usa — de botijão — vem uma vez por mês de Belém. E corra atrás de caminhão, senão... fica um mês sem gás e, por tabelinha, sem cozinhar, né? A não ser com fogão a lenha, que deve ter muito por aqui, eu acho.

Quanto a nós, até café da manhã temos de tomar no hotel, caramba. Não tem nada nesta casa, só redes, alguns panos, a nossa roupa que veio nas malas e algumas coisas que trouxemos de avião, fora os cachorros, claro.

Por falar em cachorros... chegaram tão desesperados de sede, ontem, que tomaram baldes de água. Ficaram até cansados de tanto beber água. Se cachorro ficasse pálido, eu diria que eles estavam pálidos de sede e fome — também pudera, com tanta baldeação, desce, sobe de avião, quem não fica pálido?

Quando voltamos do café, hoje de manhã (manhã tórrida, horrível), tinha sumido o Trampo, o miniatura bege. Foi aquele rebuliço.

A mãe começou a chorar, o pai consolou:

— Calma, nós pomos um anúncio na rádio, aparece logo.

— Tão pequeno e indefeso — soluçava a mãe.

— Se as onças não comerem ele logo no almoço — digo, só de raiva.

— Onças, ficou louco, menino? Que história é essa? — a mãe até para de chorar. Vejo medo nos olhos dela e, Deus me perdoe, até gosto.

Ia ser uma vingancinha das boas, o Trampo ser devorado por uma onça, nesta cidade perdida no mapa. Se eu não gostasse tanto do Trampo, lógico, mas deixa pra lá.

Pusemos o tal anúncio.

Logo, a rádio mandava para o ar o seguinte pedido:

— Atenção, perdeu-se um cachorro miniatura chamado Trampo, que tem o tamanho de um gato, a cor de um gato, mas é cachorro... ele é novo na cidade e está perdido. Favor devolver na rua tal, que terá boa recompensa...

Funcionou.

Na hora do almoço, tocaram a campainha. Era uma velhinha com o Trampo dentro da sacola. Ela disse que passou pela nossa rua e ele a seguiu até em casa, sem ela perceber... Coitado do Trampo, tá pior do que eu. Ficou neurótico, coitado, logo de cara fugiu de casa. Vai ver tá procurando a avenida Vinte e Três de Maio aqui em Macapá.

A velhinha que achou o Trampo nem quis receber recompensa. Bacana isso, simpatizei com ela. Ela conhece de vista o pai, é mãe de um rapaz que trabalhou pra ele. Me convidou pra almoçar na casa dela (depois fiquei sabendo que é uma parteira famosa na cidade). Qualquer dia eu vou. Gente fina. Ainda bem.

O Trampo levou os maiores abraços da vida dele. Passou de colo em colo. Moleque danado. E o Trambique, que nem queria almoçar, ganhou novo gosto pela vida. Amizade é isso. Por isso eu ando sem fome nenhuma... Pomar.

Será que menino de cidade já viu pomar na vida?

Este aqui merece o nome e o sobrenome — é um pomarzão pra ninguém botar defeito. Tem tudo. Fruta de que eu gosto e fruta que eu nunca soube que existia... cupuaçu, muruci, mangaba, bacaba, açaí. Beleza de pomar. Dá água na boca.

Árvore pra gente subir, pra fazer casa lá no alto... daí eu viro Tarzan de uma vez, só faltam os cipós pra eu sair gritando, e a Chita, mas Chita é que não deve faltar por aqui. No garimpo, então, lá na serra, deve dar mais que ouro.

A mãe ficou louca pelo pomar... disse que vai aprender a fazer compota de frutas. Por mim, garanto, entrava em supermercado e comprava pronto lá em São Paulo. Mas já que estamos aqui, vamos pelo menos curtir o que é bom ou menos mau. E o pomar é lindo, gostoso, fresco, uma delícia neste calor dos infernos.

O galinheiro é grande. Tem mais de vinte galinhas, pintos e o miserável galo que dá uma de calouro em programa de TV, insiste e não desiste. A mãe gosta, o pai já acostumou, eu odeio.

E a pacarana... a pacarana é outro caso à parte, paca à parte, paca do Amapá. Esta terra tem som, parece bongô. A pacarana é linda, eu me apaixonei por ela à primeira vista, até botei o nome nela de Sinhá-Moça.

Sinhá-Moça, encanto. Cinzenta com manchas brancas, ar meigo de bicho manso, domesticado. Coitada, tá à força nesse quintal, assim como eu. Me solidarizei com ela. Ainda mais que ela está prenhe. Já imaginou eu ajudando pacarana a dar cria? Aí, hein, Clarice, tá saindo melhor que a encomenda.

A pacarana, olhe lá, a Sinhá-Moça, simpatizou comigo também. Foi assim como um fluido de parte a parte, amor correspondido, tá? O pai ficou contente paca de eu gostar da paca. Desculpe o trocadilho, eu mereço — picado por pernilongo, corpo inchado, saudade da Yuri, o Trampo sumido, achado, café da manhã em hotel, eu mereço...

Por falar em paca, paca é uma coisa, pacarana é outra. Pacarana tem rabo e está em vias de extinção, acho que é mais bonita também. É um bicho raríssimo de se encontrar, acho que o amigo do pai achou quando foi caçar e pegou ela pra mascote, acho que se apaixonou por ela, assim como eu. Por isso, quando eu escrever paca, pra facilitar paca, leia-se pacarana, tá? Obrigado.

IV

A mãe grita lá da sala:
— Visita, Gerson!
Visita é o que não falta aqui. Eta gente visitadeira!

Dizem que no interior do Brasil é assim. Aqui é interior? Isto aqui é quase... exterior. Chutou a bola mais fundo, cai no oceano. Goleiro aqui devia ser chamado de marinheiro. A torcida, em vez de gritar: "Olha a trave", podia até berrar: "Olha a proa".

A visita era uma velhinha, amiga da mãe, contadeira de "causos". Engraçada pra burro. Ouvindo os "causos", esqueci da pacarana. Ela ficou livre lá no quintal. Achou a porta da cozinha aberta e entrou. Entrou e fuçou à vontade. E achou o meu desodorante. E roeu todo ele, e tomou o líquido que tinha dentro. E ficou bêbada de desodorante...

O pior foi que ela gostou. E saiu pela casa, cambaia, tropeçando nas patas, procurando mais... e foi um custo pra ela entender que não tinha mais, quer dizer, ainda tinha o desodorante do pai e da mãe, que a gente salvou a tempo — e depois podia fazer mal pra cria, né?

Será que ela entendeu? Também, pudera. Lá na mata não tem desodorante; como é que a pobre ia saber que desodorante faz mal pra gestação de paca? É isso que dá trazer bicho do mato pra cidade, se é que a gente pode chamar isso aqui de cidade, né? É mais uma cidadela, dizem que tem até forte virado pro rio Amazonas, que por sinal banha Macapá pelo braço esquerdo — do rio, claro. Preciso conferir.

Deu um trabalhão levar a pacarana prenhe-desodorizada pro chiqueiro dela. Quem disse que ela queria ir? Nem bem era apresentada à civilização (mamando desodorante comprado em *shopping center*) e já mandavam ela pra chiqueiro de fundo de quintal!

Pobre da paca, digo, pacarana. Se fosse gente, acho que cantava um tango. Como era só uma pacarana prenhe, de porre, fungou, gemeu, sei lá o quê, o dia inteiro. Até que dormiu e deve ter tido sonhos lindos, perfumados. Durma-se com um barulho desses... Além do mais... Ela roeu o salto do sapato do pai, o pé da única cadeira da cozinha e ainda tentou roer o botijão de gás que a gente comprou pra prevenir. Imagine só, quase a casa explode com pacarana e tudo, logo de começo.

Vá ser roedora assim na Floresta Amazônica! Também, ela está perto, né? Como é que eu vim parar aqui, meus Deus?

Logo, apareceu um jardineiro, um velhinho simpático, que perguntou pra mãe:
— Posso cuidar do seu jardim, dona?
— Ah, pode sim. Olhe que tem um quintalão...

— Fique sossegada. Eu cobro barato.

A mãe tava acostumada com o "barato" dos jardineiros de São Paulo, que plantam meia dúzia de mudas e cobram os tufos.

O velhinho trabalhou dois dias, deixou o quintal como um brinco, mais o jardim da frente da casa, e então falou:

— Quinhentos cruzeiros tá caro, dona?

A mãe deu um barão pra ele, e o velhinho teve até de tomar água com açúcar de alegria — pode?

Já dei uma volta pela cidade. Engraçado. Parece mesmo faroeste. Tem gado pelas ruas, cavaleiros levantando poeira, tudo misturado a carros último tipo, uma loucura.

Passou uma carrocinha cheia de carne, parou na praça. Veio gente comprar. Não por quilo, por peça. Carne de duzentos, trezentos, quatrocentos cruzeiros a peça. Os nomes também todos diferentes, com o tempo, aprendo. E tem até carne de búfalo (tem muito búfalo por aqui) e leite de búfalo também.

Açougue tem: umas portinhas sem frigoríficos nem nada, o açougueiro com um baita facão, cortando a carne num cepo rústico. Nos açougues vendem verduras, legumes, um preço incrível de caro (tem coisa que nem tem). Deve ser o lugar mais caro do Brasil, acho que pela dificuldade de transporte.

Outra coisa engraçada foi na hora de arranjar a funcionária lá de casa. Nem bem chegou, falou:

— Olha, dona, eu durmo a sesta das onze e meia às duas.

— Dorme o quê? — estranhou a dona Mercedes.

— A sesta — disse o pai. — Lembra que eu falei?

— E dorme aqui mesmo? — quis saber a mãe, meio atrapalhada.

— Na minha casa, dona, eu vou e volto — disse a moça, estranhando aquela patroa que desconhecia coisa tão comum.

— Tudo bem — suspirou a mãe.
Não quis vir? Aguenta, ué...

Esta casa está uma loucura completa.

A pacarana roeu a única cadeira existente. A gente não tem onde sentar, enquanto não chegarem os móveis. A Raimunda (a funcionária) lava a roupa e depois passa, numa mesinha cambaia que tem no quintal, e limpa os banheiros.

Continuamos a comer fora. Outro dia fomos comer no melhor restaurante de Macapá; pedi camarão, o pai e a mãe também. Todos comemos a mesma comida.

Sobrou pra mim.

Cheguei em casa, começou a dor.

Me joguei na rede, louco de dor de barriga, um enjoo. Fui parar no hospital, fiz lavagem estomacal, um horror. Tive febre a noite inteira, rolando (rolando é modo de dizer) na rede, o galo cantando lá fora pra me deixar mais sonado, enquanto a pacarana gemia, roncava, fazia um barulhão.

V

Hoje escrevi a primeira carta pra Yuri. Um lamento só e a variação de "eu te amo". Acho que poderia escrever só essa frase, "eu te amo", e bater idem, idem, a folha inteira, e dava na mesma. Vou tirar umas fotos da casa, do pomar e da pacarana pra mandar pra turma, eles vão curtir adoidado.

Às vezes me bate um desespero, eu tenho vontade de sumir daqui. Então viro pro Sul e grito: "Yuri, vem me buscar, me buscar, me buscar...". E nem o vento responde, porque aqui não tem vento. É sol e chuva, chegamos bem nas águas de março, que enchem rios, riachos e igarapés, chove que parece o fim do mundo, de tanta água. Aliás, aqui só tem duas estações: inverno (das águas) e verão (da seca). Diferente do Sul.

Sul; Sul da minha infância, da minha vida, da minha lembrança, do meu amor. Aqui tem um ditado que diz mais ou menos assim: "Aceite o Norte como ele é, porque você é que tem de se adaptar a ele, ele nunca se adaptará a você". Será que nesse ano e meio de Norte eu vou chegar a me adaptar? A esse calor, a tanta coisa curiosa e diferente, a esse jeito arredio do povo, olhar de viés, caras sofridas... Como a do jardineiro, que quase morreu de alegria quando ganhou um barão, um terço ou menos do que receberia no Sul, por dois dias de trabalho pesado, será?

Hoje conheci um amigo do pai, o Zé Grande. O nome caiu exato, o homem é tão grande que parece montanha. Tem uma história curiosa. Ele ficou um ano no mato com o filho, que na época tinha catorze anos, porque tinha certeza que lá havia ouro; caçavam pra comer, dormiam em barracas. Um ano sem saber da mulher e dos outros filhos.

Tiravam por dia uns quinze sacos de areia do morro pra lavar no rio, pra ver se tinha ouro. Então, chegou um dia em que não tinham mais o que comer, mas um amigo do Zé Grande, que minerava numa região mais retirada ainda, soube e mandou um cara pra vender comida, um mascate de mineração.

O Zé Grande, na alegria da chegada do cara, prometeu:

— O que tirar hoje da lavra é teu!

Lavaram a areia e, quando muito, o Zé Grande tirou três gramas de ouro, que o outro, muito sem graça, levou assim mesmo. O Zé Grande parou pra descansar; de repente, deu uma vontade louca nele de trabalhar e chamou:

— Vamos lá, filho, que essa terra tá devendo ouro!

Pegou o filho, subiu o morro, pegaram a areia, lavaram e, como se fosse mágica, o ouro apareceu. Até hoje ele tira ouro dessa mina. Ele é muito rico. O cara que foi levar comida (e levou só três gramas de ouro), os mineradores chamam ele de Pé Frio.

O filho do Zé Grande é mais velho do que eu, deve ter vinte anos pelo menos. Tem a pele curtida de sol, ri manso. Parece sincero e amigo. Tem história do arco da velha pra contar.

Ele contou de um cara que foi fazer as necessidades dele no rio e, quando estava no quê, viu o ouro amarelando a água do rio. Como ele estava com um grupo (que tinha minerado em vão e voltava por falta de comida), ele ficou bem quieto até chegar em Macapá. Daí o Gaivota (esse é o apelido dele) disse que precisava voltar pra terminar um negócio e se mandou sozinho pro sertão.

Achou o rio e tirou o ouro. Ficou muito rico. Só que o ouro subiu à cabeça dele, endoidou ele. Só andava vestido de branco, tomava banho de água mineral, comprava tudo o que via, chegava num bar, dizia:

— Lava esse chão com cerveja que eu pago!

O dono do bar, lógico, na hora lavava o chão com o estoque inteiro de cerveja, não sobrava uma pra remédio.

Ou, então, o Gaivota chegava numa roda, via uma mulher bonita, falava:

— Se tirar a roupa, leva cinquenta milhas!

A mulher tirava a roupa, ele dava um tapa na bunda dela e ia embora, deixando o dinheiro em cima da mesa.

E tem mais do Gaivota. Esse aí deixou história completa.

O Gaivota mandava vir toda semana uma mulher nova de Belém. Depois achou que ainda era pouco, e mandava vir seis, uma pra cada dia da semana, quer dizer, no domingo acho que ele descansava, né? Com isso, gastou todo o ouro dele, ficou pobre e ridicularizado, o povo dizendo que ele anda fazendo cocô em tudo que é rio, pra ver se a sorte repete. Vive de cócoras, o desinfeliz (como dizem aqui).

Outro, que o povo apelidou de Sapatinho, quando achou ouro mandou fazer um sapato de ouro maciço, ficou com complexo de Cinderela. Sapatinho também agora é molambo, não sobrou nem pra sapato de couro, quanto mais de ouro.

Pede esmola pela cidade, é figura folclórica, tal qual o burro vira-lata. Ambos nos becos da vida, sem dono nem rumo.

Por falar em rumo, o seu Gabriel (ele fica louco da vida quando eu chamo ele assim; grita: "Não sou teu patrão, moleque!") precisou ir pra serra levar comida pra turma de peões. O pai tem duas frentes de garimpagem. Na primeira, ele tira ouro; na segunda, tantalita e cassiterita. Ele prometeu que nas férias me leva. Eta nóis, Clarice, abra essa máquina, que vai sair até fumaça...

Fui comprar a boia com ele. Virgem Santa! Parecia comida pra batalhão. Feijão, farinha, jabá, açúcar, café, sal, um montão de coisas, parece até aqueles filmes em que o mocinho chega nas lojas do faroeste e enche a carroça pra levar pro rancho. E, de quebra, o pai leva revista (gozado, até revista de mulher pelada), só não leva bebida, que bebida dá problema. Em garimpo que se preze não entram bebida nem mulher, que dá até morte — pelo menos é o que o pai diz, ele tem prática. Agora, as tais revistas é que não entendi, acho que pioram as coisas, mas fiquei sem graça e não perguntei.

Botou tudo no jipe, se mandou pra serra, com dois ou três funcionários dele — vão, parte por terra, parte por água, para o garimpo, que fica bem no meio da mata.

Esqueci de contar. O pai tinha comprado um teco-teco em São Paulo.

Avião aqui é muito necessário pra transporte da boia e do óleo *diesel*, enfim, de tudo, além de passageiros. O piloto (que foi buscar o avião lá em São Paulo e trouxe o pai também, atravessando meio Brasil) foi descer lá na pista do garimpo, perguntou pelo rádio:

— Posso descer?

Quem toma conta do rádio lá embaixo respondeu:

— Pista livre; tá esperando o quê?

O piloto desceu e deu a maior trombada noutro aviãozinho que estava parado na cabeceira da pista (isso no meio da mata, né?) e ficou louco da vida, apesar de ter escapado ileso. E nem achou o cara que deu a tal ordem, que o outro, nem bobo nem nada, quando viu que tinha dado ordem errada, se mandou, sumiu na poeira, quer dizer, sumiu na mata.

Agora já viu, né? Tem de trazer mecânico-funileiro lá de Belém pra consertar os dois aviões lá na serra. Agora, me digam, isso é jeito de um homem ficar rico na vida? Isso pra mim é meio de morte (como diria a Bá lá em Curitiba), mas quem me ouve, a não ser a Sinhá-Moça?

VI

Sinhá-Moça.
Finalmente, ela deu cria. Deus do céu, que coisa mais linda!

Duas pacaraninhas, cinzentas, de malhas brancas como a mãe delas — eu e a dona Mercedes passando a noite ajudando o parto da pacarana. Eu até dei um pouco de desodorante pra ela cheirar e ficar meio zonza. Ela gostou paca. Funcionou assim como anestesia, sacou? Pacarana civilizada precisa, né? Se fosse lá no meio do mato, garanto que não, mas no fundo do quintal, com duas pessoas que nunca viram pacarana fazendo parto, só mesmo com desodorante...

Tudo bem. Um filhote vai pro dono da pacarana, outro fica pra mim, depois que eles desmamarem, lógico. Que coisa, dividir assim a cria dos outros, sem ninguém chegar e perguntar pra ela:

— Como é, Sinhá-Moça, topas dar um filhote pra mim?

— Vou pensar no caso.

— Olha, sou boa-praça, cuido bem dele, ensino truques de gente.

— Grande coisa! Por que ele precisa saber truque de gente? Ele precisa é saber truque de paca.

— De acordo; então, como é que fica?

— Não fica.

— Tudo bem então; fica pra outra vez.

Mas ninguém vai perguntar, né? Vão pegar o filhote e pronto. Como me pegaram e pronto, me botaram no avião e pronto, me baldearam à beça e pronto, me trouxeram pra cá e "pronto" final. Sabe de uma coisa, Sinhá-Moça? A gente tá igual, nós dois fomos desrespeitados à beça: tiraram você do mato e eu do meu lugar. Fizeram violência com a gente. Até já sei o que vão dizer:

— A pacarana é minha, eu mando nela.

— O filho é meu, tem de obedecer.

Alguém é dono de pacarana? Pacarana selvagem, de mata? Quem deu a escritura? Filho foi feito só pra obedecer? Então devia nascer surdo-mudo, pra facilitar o serviço e nunca contestar na vida. Quando chegasse a idade certa (na opinião deles), dava um tapinha nas costas ou trocava a pilha e a gente contestava. Pra valer.

Pobre Sinhá-Moça. Pobre de mim. Somos dois solitários na margem esquerda do rio Amazonas, ela roendo desodorante e eu escrevendo um diário. Cada qual se consola como pode.

Complicou.

Dona Mercedes (a mãe) deu de chorar pelos cantos da casa, falando sozinha, se lastimando da vida. Gozado isso... Tanto fogo pra vir, agora essa tristeza.

Pudera. A casa vazia. Só tem redes, a mesa cambaia onde a Raimunda passa roupa entre uma sesta e outra, lá no puxado. Não tem quase ninguém conhecido, as amigas já tinham mudado daqui, o povo chega e se manda com a maior facilidade, aqui é como se fosse um corredor do mundo.

Tem gente de toda parte do Nordeste, todos tentando a sorte, lutando com ela. Eu falo pouco com a mãe, ela reclamou para o pai. Muito ocupado, ele disse:

— Dá um tempo pro garoto. Ele acostuma.

Vocês não me conhecem, tanto tempo pai e mãe e não me conhecem. Tenho sentimento, gente, ou vocês pensam que só vocês têm sentimento?

Sofri poucas e boas no colégio das freiras. Me queixei? Sofri outro tanto mudando de colégio, pegando recuperação por não acompanhar a turma. Claro, eu já não sou crânio, e ainda trocando de escola desse jeito...

Agora eu amando a Yuri — um amor tão bonito, tão sincero, tão sofrido (ano de espera) —, e vocês me arrancam dos meus amigos, do meu amor, dos meus hábitos, me botam numa rede comido de pernilongo (eles varam até o mosquiteiro, os vampiros)... minha única alegria é a Sinhá-Moça, eu adoro ela, ela me entende, me olha com aquele olhar comprido dela, cheio de saudades — de quê? Das matas, dos igarapés, da liberdade? Tem coisa melhor que liberdade? Ser dono da própria vida, do próprio espaço, dizer: Quero, posso, vou... agora. Botar o chapéu na cabeça, bater a porta da rua e sair por aí, sem destino, senhor dos próprios passos.

Sinhá-Moça, vamos fugir juntos? Me leva pra floresta, me conta os segredos da liberdade, tão vários e tão estranhos. Me devolve a alegria de viver, refletida nos olhos, no grito livre no fundo da garganta, me leva pro Sul, Sinhá-Moça, montado no teu lombo como um Saci-Pererê!

Sinhá-Moça me olha, diz nada. Será que pensa alguma coisa? Será que lembra o tempo em que ainda era livre? Sem chiqueiro de fundo de quintal, sem coleira nem dono? Será que a gente esquece a liberdade, perde o jeito, a pose, a destreza, sei lá o que seja — ou liberdade é como o ar que a gente respira, a gente só esquece quando morre?

VII

Minha vida é escrever carta pra Yuri, pra turma, e levar no correio. Os funcionários já me conhecem; pudera, eu não saio do correio.

Até pensei, de início, que aqui em Macapá não houvesse carteiro. Demorou tanto pra chegar a carta da Yuri! Eu telefonei pra ela, ela disse que havia mandado mais de uma, fazia tempo. Então fui me informar no correio e tinha carteiro sim. Um rapaz muito simpático que ficou meu amigo — agora eu sei que ele passa bem na hora do almoço, aí pelas onze horas, que logo depois tudo para pra sesta, né? A minha rua é a última do trajeto dele na parte da manhã. Quando ele chega, até assobia pra me avisar que tem carta.

Eu acho o correio uma coisa mágica, maravilhosa. Naquela bolsa de lona que o carteiro carrega vai um mundo de emoção, de alegria, tristeza, surpresas, mágoas. O carteiro (será que ele tem consciência disso?) tem uma responsabilidade, pô. Ele carrega o mundo naquela bolsa. Quantos, como eu, ouvindo o assobio mágico: "tem carta!", não revivem, reagem, voltam a ter um mínimo de humanidade? Não existe coisa mais bacana que um carteiro andando pela rua, fugindo dos cachorros bravos, abrindo os portões das casas... eu até fico vendo o Curió (é o apelido dele, porque tem um assobio parecido com o canto do pássaro) chegar, no passo rápido dele — ele mais corre que anda —, e quando ele chega e assobia no portão de casa, me vê lá na janela e grita:

— Eta amor danado, hein, companheiro! Não falha um dia.

A Yuri não falha um dia. Eu não falho um dia. Até comprei selo por atacado, envelope e papel por atacado. Eu vivo pra escrever pra Yuri. Às vezes, chegam até duas cartas de quebra. É mais que amor, é uma paixão, tão bonita, tão bonita que dá até medo. Será que dura, meu Deus?

A gente, lá na escola, fez um trabalho muito bonito sobre a poesia do Vinícius. E tem uma, que a Yuri gosta demais, que diz assim: "Que seja imortal posto que é chama, mas que seja infinito enquanto dure...". É isso aí, infinitamente amor na eternidade da espera.

Meu pai diz que eu sou romântico, um poeta.

Então, pra maneirar esse meu romantismo todo, ele foi e comprou uma bicicleta. Pra sair por aí e deixar de ficar suspirando pela casa, ele disse. A bicicleta era promessa antiga dele. Lá em São Paulo, eu tive uma moto pequena, de poucas cilindradas, e quase me matei com ela. Foi assim... eu vinha pela avenida, que tem um cruzamento perigoso, mas, pô, ela é preferencial. Veio um cara, entrou na avenida de chofre, nem olhou... a avenida e a moto, me jogou pro alto, fui cair dez metros adiante, me salvei porque o anjo da guarda estava de plantão, mas peguei um problema de coluna que me persegue até hoje, e lá vão dois anos.

Então a mãe ficou desesperada e vendeu a moto, quer dizer, o que restou dela, e o pai prometeu a bicicleta. E disse (agora) que eu posso aprender a dirigir aqui, e a usar revólver quando for pro garimpo, pra prevenir de cobra venenosa; tem bicho de tudo que é jeito por lá.

De revólver eu tenho um medo danado; quero só ver se aprendo mesmo, se a tremedeira não atrapalhar. Assim que ele voltar do garimpo, a gente começa a treinar.

Tô louco pra ir pro garimpo, me deu uma curiosidade de repente. E o pai prometeu (ele tá prometendo tudo) que a segunda lavagem do cascalho vai ser minha, enquanto eu estiver lá no garimpo. Então eu junto um ourinho e vou passar as férias em São Paulo, matar as saudades da Yuri.

Yuri.

Menina do cabelo preto, solto nas costas, dos olhos verdes como grama verdinha. Na hora que te fizeram, Yuri, deve ter caído uma estrela do céu, uma estrela cadente, pra te fazer tão bonita, essas duas manchas vermelhas no rosto, que, quando eu te conheci, falei:

— Você usa ruge?

— Que ruge? Olha aqui, não sai nada... — riu ela, passando a mão pelo rosto e mostrando em seguida.

Com certeza, caiu uma estrela cadente no dia que te fizeram...

VIII

O pai voltou do garimpo muito animado; está quase chegando num veio de ouro maravilhoso, falta pouco. Disse que contratou um tal de "Índio" pra cozinheiro do garimpo, que não é só índio no nome, é índio de verdade, ou era, agora é aculturado, ou civilizado, trabalha para os brancos. Acho isso uma tristeza. Disse que cozinha que é uma beleza, a peãozada está satisfeita.

Vou lá conferir. A mãe não está gostando nada dessa história de eu ir pro garimpo, deu medo nela agora, disse que eu posso pegar maleita, essas coisas. Que eu sou muito criança...

— Que criança, Mercedes? — riu o pai. — Ele vai fazer dezessete anos...

— Só tem dezesseis — corrigiu a mãe. — E você mesmo diz que lá é perigoso.

— Claro que é, e daí? Não é mais perigoso que ser assaltado numa rua do Rio ou de São Paulo. No garimpo, pelo menos, a gente sabe o perigo que enfrenta.

— Onça, escorpião, cobra, piranha, só, né? — falou a mãe.

— Deixa disso, Mercedes — o pai respondeu com paciência. — Se um dia ele vai tomar o meu lugar, tem de ir aprendendo desde já. Ninguém manda direito sem conhecer o ofício primeiro.

— Pera aí, pai — entrei na conversa —, pera aí. Quem disse que eu vou tomar seu lugar?

— Você é meu filho único, vou deixar tudo pra quem?

— Tira o ouro que puder e se manda, ué... Eu não vou ser dono de garimpo de jeito nenhum...

— Posso saber por quê? — disse o pai meio contrariado.

— Por que exatamente eu não sei, mas sei que não vou ser — confirmei. — Tá louco, seu? Vou trabalhar lá no Sul, prefiro ser empregado por lá que dono por aqui...

— Tá vendo, Mercedes, tá vendo? — O pai ficou furioso. — A gente se mata pra deixar um futuro pro filho único, e ele diz na cara da gente que prefere ser proletário no Sul que tomar conta do meu garimpo. Sabe quanto tempo eu luto nessa lavra, garoto, quanto tempo?

— Sei, pai — resmunguei, mas tire o cavalinho da chuva, que dono de garimpo nem morto, nem morto, tá? O pai enfezou, foi pra rede. Se enrolou lá na rede de burro fechado, a mãe ainda falou:

— Puxa, Gerson Luiz, você foi tão rude com o seu pai. Ele ficou magoado.

— Paciência. Eu também fico magoado e ninguém se lixa.

— Você mal fala comigo, meu filho.

— Ainda falo muito, sabe?

— Você me culpa de termos vindo pra Macapá?
— O que a senhora acha?
— Acho que sim.
— Achou certo. Uma vez na vida, achou certo, dona Mercedes.
— E pare de me chamar de dona Mercedes. Você está me pondo louca com isso.
— Então somos dois, dona Mercedes, porque eu já fiquei.
— Não faça assim, Gerson Luiz.
— E pare de me chamar de Gerson Luiz.
— Ué, como é que vou te chamar?
— Me chame de Bolanga.
— Isso é apelido que se arrume?
— Chega de papo, dona Mercedes. Pensa que não escuto você chorar a noite inteira quando o pai não está? Pensa que não sei que você se arrependeu pra burro de ter vindo?
— Não é bem isso.
— Claro que é! Enfrenta, vai.
— Mais ou menos.
— Mais pra mais, né?
— Acho que sim.
— O pai tá na dele, se manda pro garimpo. E ficamos os dois patetas aqui, a senhora chorando pelos cantos, eu morrendo de saudades do Sul. Resolveu alguma coisa a gente vir pra esse fundão de mato?
— Seu pai está feliz...
— E nós, hein, mãe, a gente não conta?
— Conta, meu filho, você ainda é muito novo, um dia vai entender...
— Ah, sem essa, mãe. Entender o quê? Fala claro, eu sou um homem, já tenho até barba na cara. Não é o pai que vive falando isso? A senhora tava é com medo de perder o pai, que ele fizesse igualzinho ao Gaivota...

— Cala a boca, Gerson, eu não admito.

— Cala a boca coisa nenhuma, dona Mercedes. Veio vigiar o seu marido, tudo bem. Então não reclame, nem chore, assuma, tá, mãe, assuma bem assumido que assim pelo menos eu te respeito.

Aí a mãe começou a chorar mesmo, um choro sentido de criança perdida. Então me deu pena dela. Eu amo a mãe, estou é sentido com ela, só isso. Revoltado da vida, mas eu amo a mãe. Então, abracei ela bem forte.

— Chora não, vai dar tudo certo, calma.

— Ah, meu filho — a mãe me agarrou desesperada —, eu fiquei entre a cruz e a panelinha, seu pai doente, precisando de mim, sabe quantos anos a gente vive separado, filho? Doze anos, filho... eu aguentei tudo sozinha, pai e mãe pra você, estou cansada, filho, cansada.

— Quando é que a gente vai parar essa vida de caixeiro-viajante, mãe? — perguntei. — Eu também estou cansado, mãe. Eu quero um lugar onde eu possa dizer: é aqui!

— E não poderia ser Macapá, filho?

— Pra mim, não, mãe. Pra senhora pode ser, pra mim, não.

— Por quê, filho? Tem gente boa aqui.

— Tem gente boa em qualquer lugar, mãe, eu sei disso, eu já tenho idade pra saber isso. E muita coisa mais. Mas eu gosto de frio, aqui é este calor miserável, gosto de movimento, aqui é essa pasmaceira, não tenho amigos, nem namorada, nem nada... eu só tenho a Sinhá-Moça.

— Mas, filho — a mãe enxugou o nariz —, amigo você vai fazer de monte quando entrar na escola, e namorada, bem, se você não gostasse tanto da Yuri...

— Eu não quero só amigo de monte, mãe, eu quero amigo de verdade e isso leva tempo; quando eu começar a ter amigo de verdade, está na hora de eu ir embora...

— Às vezes não leva tanto tempo assim, filho — consolou ela —, às vezes é coisa rápida.

— Não, mãe, tudo que é bom mesmo, que é verdadeiro, tem tempo certo. A gente tem que ter raiz, mãe, e isso nós nunca tivemos na vida.

A mãe olhou pra mim como se eu fosse um velho dando conselho pra ela. Um olhar tão triste e cansado que eu nem falei mais, só abracei ela bem apertado, o mais apertado que eu pude.

IX

E scola.
Aqui estou eu na décima — décima? — escola da minha vida. Macapá, segunda-feira, abril. Chego com o pai pra dar força, né? A diretora me coloca num primeiro colegial da minha faixa etária (aqui tem vários primeiros colegiais, é por idade) e entro na classe. A primeira pessoa que eu vejo é uma menina sardenta e muito desinibida que vai logo falando:

— Aluno novo, hein? Novo na cidade também, garanto. Meu nome é Ana...

— Gerson Luiz, mas me chame de Bolanga.

Ela ri.

— Bolanga, legal, turma, este é o Gerson Luiz, vulgo...

— Pera aí, vulgo não, apelido.

— Dá na mesma, né, Golanga?

— Que Golanga o quê, Bolanga, com B.

— Isso aí; aqui a turma é legal, você vai gostar. É caxias?

— Que nada; eu vivo de recuperação.

— Veio de onde? Eu sou do Maranhão...

— De São Paulo, mas nasci no Paraná.

— Do Sul, né? — entra na conversa um garoto moreno, me estende a mão, cabelo bem crespo, igual ao meu.

— Me chame de Tico, eu sou da Bahia.

— Tico? Tenho um amigão lá em São Paulo com esse apelido.

— É?! O Brasil tá cheio de ticos. Até o passarinho símbolo é tico-tico, né?

— Não liga, Golanga, ele é gozador mesmo. É o palhaço da turma.

— Pelo amor de Deus, Ana, é Bolanga, BOLANGA!

— Palhaço é a... — reage o Tico.

— Olha o professor de Física, xinga depois.

O professor de Física acaba de entrar na sala. É um homem engraçado, incrível, cada peça de roupa tem uma cor. O apelido dele entre os alunos é Arco-íris. Dizem que é tão desligado que nem sabe o que põe no corpo. Vai pegando e vestindo, e dá nisso. Ele parece um arco-íris mesmo. E bem a calhar, porque chuva aqui é o que não falta, e ainda bem, senão eu morria cozido mesmo. Além de incrível, é temperamental. Chegou uma hora, falou:

— Cansei de dar aula, todos pro pátio, todos pro pátio!

Fiquei espantado. A Ana me cutuca:

— Estranha não, Golanga, ele é de veneta. Se levanta de pé esquerdo, manda todo mundo pro pátio.

Decididamente, ela cismou com Golanga. Até que não é mau. Dá ideia de gol, futebol, vou acabar sendo Golanga do Amapá. Pode?

Fomos pro pátio. Um pátio imenso. Enquanto não dava o sinal da próxima aula, ficamos conversando. Aqui tem aluno de toda parte do país, do Nordeste e do Norte principalmente. Alguns do Sul, como eu. Aqui, inclusive, eles usam palavras inglesas e francesas na conversa, deve ser influência das Guianas ou das invasões piratas dos séculos passados. Estranhei à beça, mas com o tempo acostumo, a gente acostuma com tudo. E isso aí é muito triste, quer dizer, eu acho.

— Quanto tempo vai ficar por aqui, Golanga?
O negócio pegou.
— Ano e meio pelo menos...
— Gosta de futebol?
— Adoro, rapaz.
— Olha, mano — entra na conversa, que milagre, um garoto nascido em Macapá mesmo, o Camarão. Chamam ele assim porque é vermelho, quer dizer, tem cabelo vermelho e pele bem clara, da minha idade mais ou menos. — A gente tem um time pra valer, o Macaponto. Se jogar bem, mesmo, tu entra.

— Jogar bem? Olha bem pra mim, mano — repito. — Eu sou o Bolanga campeão. Não tem ponta-direita armador igual.

— Xi — diz a Ana, rindo. — Já vi que o carinha aí é exorbitante.

— Quê?
— Mano enxerido — riu por sua vez o Camarão.
— Quê?
— Encuca não, Golanga — fala o Tico do Amapá.
— Eles tão dizendo que tu é metido a besta.

— Que nada — rio. — Eu sou um colega e tanto. A turma inteira foi ao aeroporto na minha partida, amigo meu é irmão, pô.

— Quero só ver.
— Dá um tempo.
— É só mostrar o que sabe, ó Golanga.
Soa a sirene, a gente volta pra aula. Lá vou eu.

X

Me animei um pouco com essa história de futebol e o timão daqui, o Macaponto. Dizem que a turma que joga é da pesada, joga pra valer, como se estivesse em guerra. Ainda bem que sou escolado, já joguei até *rugby*, e olha que jogar *rugby* não é pra qualquer um não: bobeou, tá morto. Ou estropiado pelo resto da vida (como diria a Bá, lá em Curitiba).

Por falar em Bá, ela tem uma história incrível. Já contei que ela foi babá da minha mãe quando ela era criança, a mãe, imagine só. Depois me ajudou a nascer lá na fazenda, porque onde a mãe ia, a Bá ia atrás. Agora tá velhinha, não aguenta mais essa vida de cigano, ficou com a vó lá no Paraná, uma cuidando da outra.

A Bá é maravilhosa. Tem uma paciência de santa. Criança perto dela tem o céu. Conta história, estoura pipocas, faz doce — pediu, levou. É o patrimônio da família a Bá; eu adoro ela. Tomara estivesse com ela lá em

Curitiba, mas a mãe disse que a Bá já trabalhou demais, que adolescente é dose pra ela.

Besteira da mãe. A Bá me entende muito bem, a Bá me respeita. Qualquer dia eu fujo pra Curitiba e levo a Sinhá-Moça e vamos os dois morar com a Bá.

Mas essa história do Macaponto não me sai da cabeça. Será que eles têm ponta-direita armador? Claro, né, iam ficar de vaga até eu chegar? No banco dos reservas não sento nem morto. Um ponta-direita como eu? Eu jogo de cabeça, eu me entrego, vou de touro na corrida, sai da frente que eu passo por cima. Eles não me conhecem; deixa eu entrar por cinco minutos que esse ponta-direita se atira no Amazonas de cabeça. Eles não me conhecem, vão conhecer. Boto esse ponta-direita armador no bolso e dou troco miúdo.

Até parece que adivinham meu pensamento. Na saída da escola, o Camarão brinca:

— Como é, Golanga, com o apelido que a Ana te deu podes até jogar de goleiro!

Goleiro uma ova. Eu sou atacante. Será que até minha posição no jogo vão querer mudar, pô? Só faltava essa...

Passo no correio, ponho uma carta pra Yuri que eu escrevi na aula do Super X, o professor de Português. Eles apelidaram ele assim porque tem um cacoete gozado (eta gente que não perdoa nada, moleque é fogo mesmo), fala meio assoviado, soa tudo como se fosse X, daí o apelido. Aqui até cachorro tem apelido.

Por falar em cachorro, fiz um murinho lá em casa pro Trampo não fugir de novo, ele vive tentando. Ficou neurótico mesmo, o pobre. Já o Trambique está mais conformado, engraçado, até com bicho, cada qual reage de uma maneira, parece gente, né?

Milagre.
Chegou a mudança.

Quando eu vinha vindo da escola (que é longe, andei bastante, esqueceram de vir me buscar), vi o caminhão de longe. Chegou tudo bem, quebrou umas coisinhas à toa. Arre, que hoje me livro da rede, pô, nunca mais quero ver rede na minha vida.

Agora é arrumar. A mãe tá alegre, chegaram as coisas dela, né? Pelo menos a casa fica com jeito de casa.

A mudança chegando, a Raimunda avisou:

— Já vou indo pra sesta, dona Mercedes...

— Hoje também, Raimunda? Olha a bagunça. Não dava...

— Sinto muito, sesta é sagrada — cortou ela, rápido.

Sobrei eu.

Ficamos meio perdidos no meio daquela confusão e, ainda por cima, a Sinhá-Moça, muito assanhada, veio com as duas pacazinhas dela (acho que ela acordou com o barulho do caminhão) pra dentro de casa e então foi uma zorra. Eta pacarana curiosa da vida.

Deu um trabalhão levar a Sinhá-Moça de volta pro chiqueiro. Cadê uma das pacaraninhas? Sumiu. Foi um custo achar a danadinha. Estava dentro de uma caixa de papelão, que ela roeu a tampa. Essa não nega a raça, já nasceu roendo...

Pra piorar, o cão da vizinha, um pequinês muito empertigado, veio de visita (quer dizer, a vizinha veio de visita e trouxe o talzinho), ferrou uma briga medonha com o Trambique, que é miúdo mas arisco e bravo de dar gosto. Levantou poeira. Também, isso é hora de visita? Com caminhão descarregando mudança? E a curiosidade, onde fica? Se não viesse, morria, a vizinha. Já não chegava a Sinhá-Moça, ainda aturar pequinês metido a besta; foi demais pra mim.

Larguei tudo e fui dormir a sesta.

Estava na rede, ouvi uma batidinha na janela. Era a Ana.

— Vim te convidar pra jantar lá em casa, você disse

que gosta de caruru, a mãe faz que é uma delícia, hoje é dia, Golanga...

— Vou sim, Ana, obrigado, mas pra falar a verdade esta casa está tão louca, hoje, que eu vou agora mesmo...

— De jeito nenhum — riu a garota. — Agora é hora da sesta. Dorme um pouco que faz bem, Golanga.

Que remédio. Até que é uma boa essa ideia de sesta. Nossa, agora lembrei que fiquei sem almoço. Pulo da rede, grito pra mãe:

— Como é, dona Mercedes, não se come nesta casa hoje?

— Vai logo, filho, senão eles não te servem mais.

— Larga isso aí, mãe, vamos juntos.

— Tem razão — disse ela. — Depois a gente tira uma sesta e pega rijo na mudança.

Não há de ver que já pegamos o jeito do Norte?

Almoçamos e voltamos pra dormir a sesta. Nessa hora a cidade toda dorme, é um sossego só. Nem cachorro late, acho que até os cachorros de Macapá tiram a sesta. E as abelhas gordas que voam baixo, os pássaros, a Sinhá--Moça e as pacaraninhas dela, e os botadores de apelidos, e os curiosos, como a vizinha e o seu pequinês, e o carteiro, e a Raimunda, o jardineiro, todos os funcionários públicos, dos bancos, das lojas, acho que até o burro vira--lata tira a sesta...

E a cidade fica quieta, de um silêncio tão silencioso que a gente ouve o silêncio — a chuva caindo forte na grama, o bocejo do velho galo, despertador infalível —, e parece que o mormaço escaldante sobe da terra molhada de chuva, e o barulho da rede, pra cá e pra lá, parando quando o sono chega, um sono do tamanho da cidade que adormece desde o mais rico até o mais pobre, do mais poderoso ao mais humilde.

Estranha cidade — de ruas de terra e ruas de asfalto, de automóveis último tipo ao lado de carroças de burros, gado solto como se estivesse no pasto. Gente de toda parte do país, mistura alegre de cores, tipos, linguajares, hábitos, formas de ver a vida.

Estranha cidade, Macapá. De nome estranho que parece galope, trem correndo, despedida, chegada, perdida no mapa, banhada por um braço do imenso rio Amazonas, o trapiche se abrindo para o rio como um porto seguro — será?

Estranha cidade que eu começo a conhecer, garoto de dezesseis anos, já tão vivido e sofrido. Eu às vezes me sinto tão antigo como se fosse também um velho rio, correndo com destino já traçado — mas sempre um rebelde!

XI

Jantar na casa da Ana. Abençoado caruru. Dona Rita, mãe dela, tem mãos de fada; de sobremesa, doce de cupuaçu, que é um negócio. Depois de tudo, andar um pouco pra fazer o quilo.

Biló aparece na casa da Ana, fila a sobremesa e convida:

— Quer conhecer a cidade de noite? Vou te apresentar uns amigos.

Esqueci de falar do Biló. Ele trabalha com o pai lá no garimpo, é o braço direito do pai. Ele mora aqui em Macapá (quando não está na serra) e está sendo uma espécie de cicerone pra mim. Ele está meio parado porque apanhou maleita, está se recuperando antes de voltar ao trabalho.

Passamos por ruas de terra, o Biló toca a campainha numa casa de madeira (aqui tem muito), grande e de aspecto confortável, mas simples. Atende um garotão tipo

Adilson — um amigão lá de São Paulo —, mas ruivo, cabelão armado, um massa.

Biló apresenta:

— Tocha, esse é o Bolanga, filho do seu Gabriel, que veio de São Paulo. Ele joga *rugby*.

— *Rugby*?

Os olhos do Tocha (parece uma tocha mesmo, ele é ruivo, dessas tochas que iniciam olimpíada) brilham:

— Eh, cara, verdade mesmo?

— Claro — garanto. — Eu jogo um *rugby* violento, amigo.

— Pois toque aqui!

O Tocha sai inteiro da casa de madeira, enche o pequeno jardim. — Tô ficando maluco pra organizar um time de *rugby* por aqui. Ninguém topa, são uns moles.

— Também não é assim, né, Tocha? — defende o Biló. — É um jogo violento pra burro, né?

— E o garoto que veio do Sul joga, né? E os machos daqui se encolhem, pô.

— Não liga não, Bolanga — ri o Biló. — O Tocha é assim mesmo, diz na lata. Ou é amigo ou fuja dele que ele é sincero tanto na amizade quanto na raiva.

— Ótimo! — Engulo em seco. Já imaginou ser inimigo do Tocha? Mais fácil se atirar no rio, primeiro.

De dentro da casa desponta um garoto magro, pequeno, ruivo também, mas de aspecto mais leve, metade do outro. O Tocha apresenta:

— O Tochinha, meu irmão! Esse não joga *rugby* nem morto.

O Tochinha é calado, chega de manso:

— Prazer, chegou quando?

— Há um mês, mais ou menos. Vocês estudam com a gente?

— Eu não — diz o Tocha. — Enchi dessa história

de estudo. Meu negócio é trabalho, trabalho com o pai, ele é dono do mercado, aquele grande da praça.

— Eu estudo, sim — diz o Tochinha. — Vou ser engenheiro de minas. Estou no segundo colegial, por isso a gente não se viu. O terceiro ano vou fazer em Belém, já está tudo certo.

Simpático o Tochinha, meio fechadão mas simpático. Ele está mais adiantado que eu, apesar de ter a minha idade. Eu é que estou atrasado.

O Tocha é um sarro. Falador, gritalhão, vê um conhecido do outro lado da rua, berra:

— Eh, compadre, não conhece mais os pobres, não?

O Biló disse que até cachorro vira-lata de Macapá conhece o Tocha. A vizinhança acorda ele de madrugada pra ajudar a trocar pneu, acudir incêndio, levar gente pro hospital. Ele é pau pra toda obra, é um sujeito generoso, amigo de quase todo mundo, porque inimigo é meio difícil dele ter, porque além de toda simpatia e solidariedade humana, tem o tamanho dele, né? Quem se arrisca a ser inimigo do Tocha?

— Companheiro, conto com você pro time de *rugby*? — o Tocha me lasca um tapa nas costas que quase me derruba.

— Claro — tusso. — Vamos mostrar como se joga um *rugby* da pesada.

— Assim que eu gosto — riu o Tocha, os olhos azuis mais azuis de tanto entusiasmo. O Tochinha se despede:

— Tchau, gente, amanhã tenho prova. Vou repassar a matéria.

— Esse não tem jeito, mesmo — ri o irmão, um clarão de orgulho no fundo dos olhos. O Biló disse que eles são unha e carne, uma amizade bonita de se ver, apesar de tão diferentes. O Tocha é uma espécie de anjo da guarda do Tochinha.

— Já viu o místico? — pergunta o Tocha.

— Ué, que místico?

— Vamos lá, companheiro — o Tocha me chama.

Andamos um bocado, entramos finalmente numa rua de terra, casario baixo, muito simples. Choveu a tarde toda, da terra da rua vem um cheiro engraçado de água e mormaço, nem sei. Logo descubro o que cheira tanto... É incenso que vem de uma das casas, à porta da qual está uma pequena multidão à espera — de quê?

— Lá é a casa do místico — diz o Tocha. — Ele se chama John, diz que é inglês, é um negro alto e estranho que ninguém sabe de onde veio, mesmo...

— Toda essa gente... — estranho.

— Isso não é nada. Tem dias que a rua inteira fica cheia de gente. Vem gente de longe, dizem que até políticos importantes vêm se consultar com ele. O John é famoso aqui em Macapá.

— Será que nós conseguimos falar com ele?

— Duvido. Ele atende só com hora marcada, a não ser que seja um alto figurão, daí ele fura a fila. Arraia miúda só na espera.

— De onde será que ele veio? — me bate a curiosidade à medida que aumenta o cheiro de incenso, misturado a outros cheiros, ervas decerto.

— Alguns dizem que ele veio das Guianas, ele diz que veio da Inglaterra, ninguém sabe ao certo. Mas falam que o homem faz misérias, prevê tudo... Olha o povão chegando.

Do começo da rua, desemboca nova multidão, que vem engrossar a fila na porta do místico. O Biló avisa:

— Melhor a gente se mandar, antes que fique preso no meio do povo!

Saímos na hora que a multidão se aperta no fim da rua, em frente à casa do John. O cheiro de ervas é cada vez mais forte. Fico roído de curiosidade:

— Vamos voltar outro dia pra ver ele, conversar com ele? — pergunto pro Tocha.

— Se você quiser, a gente tenta.

XII

— Já foi à fortaleza? — pergunta o Tocha.
— Que fortaleza?
— Cristo, chegou faz um mês e ainda não viu a fortaleza de São José? Tá morto, seu?
— Acho que ouvi falar...
— Falar? — o Tocha abre uma gargalhada. — Você é gozado, garoto. Ouviu falar e nem teve curiosidade de ver, pô?
— Fortaleza, coisa velha, eu sou péssimo em História...
— Coisa velha, é? — os olhos do Tocha fuzilam. — Vamos lá, quero ver a tua cara, garoto!

Discutir com o Tocha? Nunca! S'imbora pra fortaleza de São José, droga, justo eu que vivia de recuperação em História.

Andamos outro tanto pra chegar ao local. O Tocha, explicando:

— Essa fortaleza foi construída no local onde havia a fortaleza de Santo Antônio do Macapá. Essas fortificações se destinavam a defender os locais mais visados por piratas ingleses e holandeses e, no caso de Macapá, assegurar a conquista definitiva do rio Amazonas.

— Tudo bem — digo, sem o menor entusiasmo.

— Lançaram a pedra fundamental no dia 29 de junho de 1764 — continuou o Tocha — e a fortaleza demorou dezoito anos pra ser concluída, em 1782, engenheiros se sucedendo na direção da obra, que ocupou uma grande maioria de trabalhadores negros escravos e uma pequena parte de indígenas. É o mais belo monumento histórico-militar do Brasil colonial, sabia?

— Não.

— Chegamos — diz o Tocha, e seus olhos tornam a brilhar como antes brilharam quando ele falou do time de *rugby*. Eta cara apaixonado! Deve ser bom ser um cara apaixonado assim. Vibrar com as coisas, viver de paixão. Eu, às vezes, me acho tão acomodado.

Então, eu vejo. No lusco-fusco da tarde, à luz da lua, as muralhas de cantaria, dez metros de altura, solenes e imensas, gigantescos guardas do grande rio...

— Quis te trazer agora pra você sentir o impacto dela — sorri o Tocha. — De dia a gente volta pra você olhar por dentro.

Nem respondo, emoção estranha dentro de mim. Logo eu? Encosto no portão lateral, encravado nas pedras, volto de repente duzentos anos no tempo, a voz do Tocha continuando, apaixonada:

— De cima, companheiro, vista de avião, ela é exatamente uma estrela de quatro bicos, uma beleza...

— Dizem que custou quatro milhões de cruzados na época da construção — emenda o Biló. — Uma verdadeira fortuna.

— Precisa ver dentro da muralha — continua o Tocha. — A praça é um quadrado perfeito, com oito construções, paiol de pólvora, hospital, capela, praça de armas, armazém, cantinas, todos à prova de balas.

Ele fala assim, meio decorado, deve ter lido algum panfleto pra turista. Não tem importância, o que vale é a emoção, a fé.

— De onde vieram estas pedras? — pergunto.

— Da muralha? Dizem que de duas marés acima da embocadura do rio Pedreira, a vinte milhas daqui, ao norte...

Decoreba? Que importa? Vale a paixão.

— Meu Deus, que trabalho! — suspiro, conquistado.

— Ao negro pagavam cento e quarenta réis por dia de trabalho; ao índio, quarenta — continua o Tocha, panfletando. — Dizem que o índio fugia muito, não aguentava a rudeza do trabalho, sobrava mesmo pro coitado do negro, pra variar, né?

— Como a construção de uma minipirâmide — comento.

— Isso aí — diz o Tocha. — Entende por que era tão importante conhecer essa fortaleza? Quanto sofrimento e dor encerram estas pedras! Quantos deram a vida por ela! É nossa raiz, pombas.

Silenciosa e imponente, a fortaleza se impunha. Ladeamos toda a muralha, prometi a mim mesmo que viria de dia, com tempo e paciência, explorar cada canto dela.

— Como é, valeu? — pergunta o Tocha.

Respiro fundo.

— Valeu, obrigado.

Calor pra variar. Pra mim, um suplício. Biló convida:

— Vamos tomar alguma coisa?

Entramos num bar, tipo boteco. Lá dentro, um negro alto e uma loira tomam cerveja, encostados no balcão. O cabelo da mulher é engraçado, comprido e encaracolado, imenso nas costas.

Sentamos numa mesa, pedimos as bebidas. De repente, sem mais aquela, a briga entre o casal lá no balcão. A loira (coisa estranha) senta um mucaço na cara do companheiro, que levanta até poeira (se tivesse). Ele revida na hora, então a peruca voa e a gente vê, espantada, que não é mulher coisa nenhuma, é um travesti enorme, feições rudes, meio acaboclado.

Pulamos da mesa bem a tempo, a ex-loira cai em cheio sobre ela, levando copos, garrafas, tudo de vez.

Saímos em disparada na direção da porta, mas a curiosidade falou mais alto. De olho vivo, cabeça meio dentro do boteco, espio a luta, quer dizer, eu e o Biló, que o Tocha, agora vejo ele, ficou lá dentro mesmo, rindo que se matava. Pra mim, ele tava louco pra entrar na briga.

O negro e o travesti rolam pelo chão do bar, a ex-loira levanta o companheiro e o atira pra cima do balcão, ele desliza, leva tudo de roldão, garrafas, copo, espelho... parece cena de filme de bangue-bangue.

Então o Tocha não aguenta e entra na briga. Dá um murro na loira, que ela voa e vai se encontrar com o outro lá atrás do balcão, acabando de quebrar o que estava inteiro.

O Tocha assopra as mãos, diz pro dono do bar, escondido atrás do balcão (direitinho filme de faroeste, seu):

— Tudo limpo, seu Carlos, chama a polícia pra levar estes trastes...

O Carlos aponta no balcão, agradecido:

— Obrigado, ó Tocha, ainda bem que estavas por aqui...

— Disponha — diz o Tocha, e vem na nossa direção, no maior sossego. Imagine quando a dona Mercedes souber onde é que anda o querido dela nas noites de Macapá!

XIII

Isto aqui está ficando divertido... a Yuri até reclamou que tenho escrito pouco pra ela. Pudera. Com a bagunça lá de casa (agora está mais ou menos tudo no lugar), a pacarana dando cria, o pequinês da vizinha se ferrando com o Trambique, a briga do bar, a fortaleza, os novos amigos: Ana, Biló, Camarão, Tocha, Tochinha, Tico e mais um punhado de colegas da escola, sobra pouco tempo pra escrever.

Na frente de casa mora uma menina que, dizem, vai se candidatar a Miss Macapá. Ela é bonita mesmo, pouco mais velha, deve ter uns dezoito anos. Anda de patins a tarde inteira, vá gostar assim de patim no inferno. Cismou comigo a tal da Andréa. Pegou no meu pé. Apareço, lá vem ela (de patim e tudo).

— Vamos andar de patim?
— Não gosto.
— Se você não tiver, eu empresto; tenho três pares.

— Pra que tanto patim? Tem seis pernas?
— Engraçado. Deixou namorada no Sul?
— Deixei. Linda de morrer.
— Mais que eu? Olha que eu vou ser a Miss Macapá, minha eleição está no papo.
— Você tem papo?
— Bruto. — Ela se afasta de patins.
— Bocó — penso. A Yuri ganha de você vestida de saco de farinha. Além de chata, essa tal Andréa parece burra. Que aflição, mulher burra. A Yuri é inteligente, escreve cartas maravilhosas, ela me conta todas as novidades de São Paulo, estou por dentro de tudo. Linda, simpática, inteligente, desperdício da natureza (como diria a Bá, lá em Curitiba). Por falar em Bá, ela escreveu, diz que morre de saudades minhas, quando é que eu apareço em Curitiba? Sei lá da minha vida, Bá? Qualquer dia eu pinto por aí, por enquanto tô vendo coisa que só em filme de bandido e mocinho, e põe pimenta, Bá. Mas que é divertido, é. Me sinto o maior artista, só falta o cavalo, que revólver até eu já tenho.

Tenho; mas sou um fiasco completo. O pai me levou pra dar uns tiros lá na periferia da cidade, onde não tem ninguém, pra eu treinar a pontaria, imagine só.

Primeiro me deu um frio na espinha, pegar naquela coisa! Um revolvão preto com cabo de madrepérola... mas o pai insistiu:

— Vai pro garimpo? Tem que saber atirar. Pra se defender, rapaz! Se não souber atirar, não me enche o saco que não te levo de jeito nenhum.

Tava bom pra mãe escutar a linguagem do pai. Ela fica louca da vida quando ele fala desse jeito. Ela precisava ouvir os palavrões lá no boteco, na briga que o Tocha acabou. Foi um dicionário completo.

— Como é? — fala o pai, impaciente. — Pega ou não pega?

— Dáqui. — Estendo a mão e agarro a coisa, quer

dizer, o revólver. Frio, pesado. — Como se atira com essa joça?

— Deixa que eu ensino.

O pai capricha no ensino. Eu é que não nasci mocinho. Entendo tudo ao contrário. Quando vou dar o primeiro tiro, abaixo o cano da arma, quase levo um tiro no pé...

— Seu burro! — grita o pai. — Desde quando a gente abaixa a arma pra atirar?

— Depende da mira — tento me desculpar.

O pai olha, nem precisa falar. Pensamento censurado. Capricho de novo na pontaria, o pai pendurou umas latas num galho de árvore. O tiro passa longe das latas, mas em compensação acerta — minha Virgem — num enxu de vespas que estava noutro galho.

Nem conto. Foi entrar no carro e sair a toda, com a vesparia atrás. Fechamos todos os vidros, mas na pressa ainda levamos umas ferroadas. O pai ficou tão bravo, mas tão bravo, que quando chegamos em casa e a mãe perguntou, muito inocente: — Como é que foi a aula de tiro?, juro que eu vi uma fumacinha saindo dos olhos dele, que entrou em casa feito um boi bravo, e eu tive de explicar pra mãe, que quase chorou de tanto rir.

Isso foi só o começo, claro. O pai não era de desistir fácil. Senão tinha ido ser outra coisa e não garimpeiro.

Insistiu, e eu tive de aprender na marra a usar o tal revólver. Aos poucos fui perdendo o medo e aprendi a atirar o necessário para me defender de cobra, onça ou gente — sabe-se lá?

Aqui é terra de gente boa, mas tem de tudo também. Gente de toda parte e no meio deles, claro, há os maus elementos. Como em qualquer lugar, aliás.

Agora, com o Tocha a tiracolo, não há perigo mesmo. Ele é respeitado por aqui, ninguém mexe com ele, amigo dele é sagrado. Em São Paulo meu quebra-galho era o Adilson, aqui é o Tocha. Ainda bem que tenho um amigo assim, posso passear à vontade, mesmo à noite. Principalmente à noite, eu não saio sem o Tocha, tá louco, tem cara armado até os dentes...

O pai me garantiu que, se eu for bem nas provas, me leva nas férias pro garimpo. Diz que a turma quer me conhecer. Só que ainda não veio o mecânico-funileiro pra consertar o avião, que continua parado lá na pista do garimpo, e a gente vai mesmo é de jipe até onde der e, depois, de batelão pelo rio. Estou bandeirante mesmo, que remédio...

Ontem foi a eleição de Miss Macapá, a Andréa ganhou longe, me convidaram pra coroar ela, então só de farra liguei pra Yuri, escondido da mãe (anda uma fera porque pagou uma nota preta de interurbano), e contei pra Yuri que tinha coroado uma garota maravilhosa, a Miss Macapá. A Yuri nem aí: falou que era ótimo, que ela também ia passar uma semana no acantonamento com a turma toda da escola, ia dançar pra burro, levar o violão pra cantar em volta da fogueira (e eu nesse calor!), ia ser a "semana", então briguei com ela, fiz aquela cena de ciúme, ela ainda falou:

— Ué, não tava tão cheio de si de coroar a Miss?

Bati o telefone na cara dela. Bem feito pra mim, o que é que eu tinha de falar besteira pra Yuri, eu acho a Andréa um entojo de garota. Bem feito pra não ser burro.

XIV

Saí feito louco de casa, a mãe ainda gritou:
— Onde vai, menino?
Nem respondi. Saí debaixo de chuva, fui correndo pela rua, desnorteado da vida. Quando dei por mim, estava lá no trapiche do porto. O rio corria escuro e enorme, lá embaixo. E não havia viv'alma, eu e a chuva — só um vira-lata descarnado dormindo embaixo de uma pilastra.

Fiquei ali um tempão, pensando na vida, no que tem sido a minha vida; na Yuri, no amor da gente, no pai e na mãe, nos amigos que eu deixei e nos amigos que arranjei agora.

Me deu uma vontade de chorar, acho que eu guardo esse choro há tanto tempo, desde o tempo do colégio das freiras lá em Curitiba.

Então, aproveitei que não havia ninguém — só o vira-lata sarnento e de orelha baixa, mais ou menos como eu estou agora — e chorei, meu Deus, como eu chorei...

Derramei tanta água que quase virou um rio também. E à medida que eu chorava, aquela angústia toda ia saindo do meu peito, porque eu chorei um pouco por mim, um pouco pela mãe e as angústias dela, um pouco pelo pai e as lutas dele, um pouco pela Bá e pela avó e a velhice delas, e um pouco pela Yuri e a saudade dela de mim...

Um pouco por todos os que eu amo — e deixei a pena de mim mesmo escorrer como azeite, leve e suave, sem misturar à água que eu chorava.

A vida é uma coisa engraçada, a vida é um negócio.

Às vezes, a gente tem momentos lindos na vida, e, nessas horas, se a gente pudesse parar o tempo e pegar ele "na unha", e guardar ele pra vida inteira... Eu tive um momento desses na hora em que a Yuri disse: "Namoro".

O mundo podia parar ali, naquele minuto, e eu morria feliz.

Outro foi quando eu passei aquela porta que dava para a pista onde tomei o avião pra Belém, se o tempo parasse... E outro é agora, neste trapiche, olhando esse rio imenso, esse rio-mar que parece tão solitário, assim como eu, rolando na noite vazia, tendo por testemunha um cão sarnento e abandonado da sorte. Que se encolhe debaixo da pilastra, quem sabe pra morrer.

Eu acho a vida uma coisa engraçada mesmo.

De repente, assim devagar, a força do rio vai entrando em mim, sensação gozada, a própria imagem daquele cão lutando pela vida, se escondendo na pilastra pra fugir da chuva e ganhar, quem sabe, mais algumas horas de vida... me dando uma força, um vigor, sei lá.

Dou um valente grito na noite, encho o rio com meu grito: "Yuri!". O grito cai na água do rio, vai viajar na água do rio, vai rolar e sofrer como o rio, da foz pra nascente, ao contrário do curso, mas tão vivo e corajoso como o velho cão sarnento dormindo sob a pilastra do porto.

Voltei pra casa devagar, a mãe esperava na porta, aflita:
— Por onde você andou, meu filho? Está ensopado, vai apanhar um resfriado.
Coitada da mãe. Dei um abração nela, ela estranhou.
— Aconteceu alguma coisa, Gerson?
— Nada, mãe. Precisa acontecer alguma coisa pra eu te abraçar?
Ela sorriu, um sorriso triste. Ela anda triste demais, quase sem amigas, o pai de lá pra cá no garimpo, eu longe a maior parte do tempo e ainda por cima rude com ela, tão longe dos antigos carinhos, a léguas do companheirismo de outrora.
— Gerson — falou a mãe. — Eu resolvi uma coisa hoje, enquanto te esperava.
— O quê, mãe?
— Você sabe que eu sou formada em ioga?
— Daí, mãe?
— Eu não aguento mais essa vida parada. Vou abrir uma academia aqui em casa.
— O pai já sabe?
— Você me ajuda a convencer ele?
— Lógico; acho uma boa, mãe. A senhora tem todo o direito de trabalhar.
— Será que eu arrumo alunos?
— Deixa comigo, mãe — apoiei. — Eu faço uma propaganda sentida da senhora.
— Obrigada, Gé, você está voltando a ser o que era, graças a Deus. Arrumou vários amigos, não é?
— Arrumei sim, mãe. O Tocha principalmente. Ele é um barato.
— Aquele grandalhão? — a mãe riu. — Me lembra o Adilson...

— É o Adilson encarnado, mãe — rio também. — O mesmo coração de ouro, o mesmo gênio explosivo, um companheirão.

— Fico contente.
— E a Sinhá-Moça?
— Que tem ela?
— O dono vem buscar mesmo?
— Diz que vem; você adora ela, né, filho?
— Não tem jeito dela ficar mais um pouco? Justo agora que eu peguei tanto amor por ela e pelos filhotes...

— Um é teu, filho.
— Eu vou morrer de saudades da Sinhá-Moça — penso. — Meu destino é viver com saudades de gente e de bicho, pô.

XV

Sábado.

Fui ao mercado com o Tocha e o Biló. O Tochinha ia também mas na última hora precisou estudar para uma prova na segunda-feira. Lá no mercado aconteceu uma coisa incrível. Às vezes, me dá vontade de fumar, quando eu estou meio desanimado, funciona como uma espécie de chupeta, né? Lá tinha um cara com uma esteira no chão, cheia de cigarros. Tinha cigarro de palha, fumo de corda, tudo misturado.

Cheguei e pedi:

— Tem cigarro de maço?

O cara olhou pra tudo que foi lado, baixou a voz e disse:

— De maço, só pra preparar...

Então o Tocha me puxou, caíram ele e o Biló na risada, eu até levei tempo pra entender, eu tinha pedido um simples maço de cigarros e ele entendeu... caramba, justo comigo?

Daí me levaram pra comer — eu sou um guloso de primeira — nas tacacazeiras (que são uma espécie de baianas) que vendem tacacá, feito de tucupi (vinho extraído da mandioca, que eles aqui chamam de macaxeira), goma da macaxeira, camarão seco, jambu (uma erva) e aquele molho de pimenta. A gente come tacacá nas pitingas (cuias verdes e virgens, sem pintura), é um negócio, mano.

Também vendem vatapá, maniçoba (uma panelada feita de folha de macaxeira, jabá, bucho de boi, toucinho, chouriço e mocotó). Bolo de macaxeira, beiço de moça e pupunha (uma frutinha que eles cozinham com água e sal e depois comem com mel de cana feito com açúcar moreno, um tipo de rapadura); comem pupunha com tudo, até com farinha.

Sou louco por feijoada. Aqui a feijoada é diferente. Cozinham um tal feijão do Rio Grande e botam jabá, vinagreira (uma folha meio azeda), cariru (uma verdura tipo almeirão), jerimum (abóbora) e macaxeira, além de toucinho fresco. É uma feijoada do Norte, que eles acompanham com vinho de bacuri (fruta) e doce de cupuaçu, que a mãe da Ana faz muito bem.

Almocei no mercadão. Mais tarde, fui com o pai e a mãe conhecer a "fazendinha', a vinte e dois quilômetros de distância, espécie de praia de rio, muito badalada; eu nunca tinha visto praia de rio, também aqui não estranho mais nada.

Tem alguns bares que vendem tira-gostos, camarão principalmente (estou escolado com camarão, seu), refrigerantes e sorvetes típicos que são muito bons, de frutas (que dá lá no meu pomar, inclusive), jaca, beribá, goiaba, mamão, manga, melão, bacuri, cupuaçu, ingá, açaí, taperebá, graviola, pequiá e outras.

O pessoal senta em cadeiras e toma sol como se fosse

63

praia de mar. A água não é lá essas coisas, mas dá pra divertir um pouco, pelo menos se a gente tiver boa-vontade, né? O negócio é ter boa-vontade, que sempre melhora a coisa. Eu acho que estou ficando um velho filósofo, ou então estou ficando velho só.

E ainda por cima a mãe me segurando:

— O Tocha disse que você comeu pra burro lá no mercado, Gé. Dá um tempo pra entrar na água...

Pra falar a verdade, eu tava de comida até... Dei um tempo pra garantir, não custa prevenir, né? Depois tomei banho e a gente voltou pra casa.

Domingo.

Hoje, dei oito tiros, acertei três pelo menos. O pai falou:

— Tá pronto pro garimpo!

— Quando a gente vai? — pergunto ansioso. — Estou curioso demais pra conhecer esse garimpo.

— Trate de não pegar recuperação — avisa o pai. — Entrou de férias, te levo pro garimpo.

A mãe não gostou muito. Está me achando muito novo e sem experiência. Ainda bem que o pai apoia.

— Tem de começar, começa de uma vez. E estou lá, não estou?

— E eu? Vou ficar sozinha aqui em Macapá?

— Peça pra dona Mundica ficar uns dias com você.

Mundica é outro caso à parte. É parteira famosa aqui em Macapá. É a tal velhinha que achou o Trampo. Ela é como se fosse o Tocha de saias, quer dizer, na popularidade, acho que até as pedras da fortaleza de São José conhecem a Mundica. O nome dela é Raimunda, mas só conhecem ela pelo apelido.

Aqui tem Raimundo e Raimunda de monte, é como Severino no Nordeste. É que tem o São Raimundo padroeiro, "santo parteiro", quer dizer, quando a mulher vai dar à luz, se pega com o santo e promete: "se tudo correr bem, meu santo, a criança leva teu nome". Daí a enxurrada de Mundicos e Mundicas.

A Mundica parteira nasceu — como ela gosta de contar — de cabeça pra cima, quer dizer, ao contrário, é um parto difícil, precisa ou virar a criança dentro da mãe, o que exige muita técnica, ou fazer uma cesárea. Mas o santo ajudou e a Mundica foi bem-vinda a bordo da vida, e virou parteira, e já fez milhares de partos, tem milhares de afilhados por esse Macapá afora. Santa Mundica.

Ela conta histórias incríveis. De partos nos lugares mais distantes, nas horas mais impróprias. Acostumou a ser acordada no meio da noite, a consolar, dar coragem, ajudada pelo santo e pela prática.

É uma velhinha rija, enrugada, queimada de sol, uns olhos vivos que não perdem nada. Descende de índio por parte da mãe, e por isso costuma ensinar o parto de cócoras, ou então numa cadeira sem fundo, e nisso vai uma grande esperteza dela, né, que a gravidade ajuda.

Gosto de ouvir a Mundica contar as experiências dela, acho até que vou ser médico, de tanto entusiasmo. E quando eu for médico, vou chamar a Mundica pra ser minha assistente ou, então, melhor ainda, vou fazer um estágio com ela.

Está decidido. Eu vou ser médico!

XVI

Acordei cedo hoje pra ir para Santarém, com o seu Gabriel e o Biló. Está praticamente no fim das chuvas — chove todo santo dia — e depois de maio, dizem, começa o tempo da seca.

Saímos às dez horas da manhã — o pai acabou atrasando com os negócios dele —, a estrada é toda de terra. Chegamos já de tardezinha, o pai foi resolver o que tinha vindo fazer e eu e o Biló ficamos rodando pela cidade.

À noite, fomos para um hotel da Prefeitura, bem ajeitado, e como estava cansadíssimo da viagem dormi bem, apesar dos costumeiros pernilongos. O hotel tinha mosquiteiro.

Logo cedo, no dia seguinte, voltamos pra Macapá; não deu tempo de sentir a cidade. Veio também com a gente o Zé Bedeu, que é filho do Zé Grande, e também o Aladino, irmão dele, quer dizer, do Zé Grande.

Foi tudo bem na viagem de volta. Eu dormi o tempo todo, mas passamos por várias cidadezinhas do interior do Amapá. E por falar em Amapá, a segunda cidade do Amapá depois de Macapá é Amapá mesmo, que eu achei muito pobre, a Amapá cidade — minha nossa, que confusão! Pra ter uma ideia, a Yuri me mandou um livro e colocou o endereço: Amapá; esqueceu de pôr que é território federal, né? Foi parar lá na Amapá cidade. Durma-se com um barulho desses.

Será que deu pra entender?

Chegamos em Macapá de tarde, escrevi duas cartas, corri ao correio. Tomar banho e dormir, que estou muito cansado.

A mãe tinha novidade pra mim: comprou patinhos no mercado. Ela sabe que eu sou louco por patinho novo. Meia dúzia amarela e meia dúzia pretinha, uma graça. Tem dois então que não se largam, andam juntos o tempo inteiro, aí botei o apelido neles de Bolanga e Necanga — ai, Yuri! Podia pôr Romeu e Julieta, Abelardo e Heloísa, mas prefiro Bolanga e Necanga, produto nacional, tipo exportação, *made* prata da casa, é isso aí, paixão brasileira é um negócio (vide Vinícius), tem concorrência não.

Por falar em nome, outro dia saiu um papo engraçado lá na escola. Perguntaram o nome da minha namorada, eu disse: — Yuri.

— Pera aí — disse o Tocha. — Yuri não é nome de homem, daquele astronauta russo, o primeiro que subiu numa espaçonave?

Então eu tive de explicar tudo o que a Yuri me explicou quando eu fiz exatamente a mesma pergunta pra ela. Que Yuri, masculino, é russo, e Yuri, feminino, é japonês. Gozado, né? E a Yuri tem uma avó japonesa, a mãe dela é nissei e o pai, filho de português, uma salada mista; além de se chamar Amanda, a mãe dela também se chama Mieko, Amanda Mieko, e a Yuri também tem um nome japonês e um brasileiro, ela se chama Laura

Yuri, mas eu prefiro Yuri, que quer dizer, em japonês, lírio. Não é uma graça? Todo nome japonês tem tradução. Laura lírio, lírio Laura, que importa nome, raça, importa que ela é o meu amor.

O galo aqui de casa, o que canta a noite inteira, armou um escarcéu hoje. Fugiu do galinheiro e foi comer a comida do Trampo e do Trambique, arroz com carne moída. Nossa! Os dois atacaram o galo e quase levam a pior, porque ele tem um esporão incrível — verdadeira arma de guerra —, foi um custo separar os três.
Galo maluco. Botei nome nele: Xereta!
É um guarda e tanto da casa. Basta alguém aparecer no portão, voa do galinheiro, vem pra cima, melhor que qualquer cachorro. Aqui, visita precisa conquistar primeiro as boas graças do galo.
Eu mesmo já levei umas boas bicadas, sorte que a calça grossa me protege as pernas, acho que a antipatia é mútua. Já da dona Mercedes ele é o querido; ela, ele não ataca, come até milho na concha da mão, o pilantra. E ainda a mãe arrulhando com ele:
— Lindo da minha vida, coisa fofa, vem comer, vem...
Coisa fofa uma ova. Ou um ovo.
Lá vem ele de crista levantada, todo importante, dignando-se a comer na palma da mão da mãe, como um grão-senhor!
Dependesse de mim, ó carinha, tu estavas na panela. Ia ser uma canja de primeira, malandro... mas a Raimunda disse que canja de galo velho não presta. Só presta mesmo pra cantar e espantar ladrão ou correr atrás de mim, peste.
Eu podia jurar que este galo ri de mim!
A gente foi conhecer a família do sócio do pai, o Zé Bento, que mora no bairro do Trem, numa casa de madei-

ra, tem muita por aqui, igual à casa do Tocha. Eles são sócios nos outros garimpos (de cassiterita e tantalita); o garimpo de ouro onde eu vou nas férias é só do pai.

Gente hospitaleira. Não nos deixaram sair sem almoçar, comer doce, tomar licor de cupuaçu pra ajudar a digestão.

Depois fomos à casa do Gavião — o nome dele é Gilson, mas como ele é o piloto do pai, pegaram o nome dele, quer dizer, a inicial do nome e juntaram com a palavra avião, pode? — e eu perguntei pra ele:

— Como é, Gavião, a gente anda ou não anda nesse avião?

— Depende do patrão — riu ele. — Se conseguir mecânico que vá pra serra...

— Como é, pai? — insisti. — O avião vai ficar enferrujando lá no garimpo? Eu quero ir de avião...

— Paciência, filho, primeiro preciso arranjar o dinheiro do conserto. É coisa grande.

— Vai virar casa de onça o tal avião...

— É mais fácil virar casa de macaco.

— Macaco? Tem muito macaco por lá?

— É o que não falta, você vai gostar deles — falou o pai.

— Vamos assistir ao jogo? — convidou o Gavião.

— Quem joga hoje? — quis saber o pai. — Esqueci que é quarta-feira.

— O Trem contra o Macapá — disse o Gavião.

— Fica pra outra vez.

XVII

Voltamos pra casa.
No caminho, a mãe, pra me agradar, comprou um circulador de ar. Pra colocar no meu quarto, eu ando suando muito, molho até o colchão. Eu e o calor não nos damos. Até emagreci, de tanto suar.

Entro numa farmácia, me peso. Dito e feito, já perdi cinco quilos desde que vim pra cá. Fora o sangue que me chuparam os vampiros-pernilongos.

Cada dia aqui é uma novidade.

Agora o Xereta deu de dormir numa árvore do pomar. Quando escurece, ele voa do galinheiro e vai pra árvore. É um sarro galo dormindo em árvore. Preciso contar pra Clarice, aliás, ela já escreveu dizendo que o material que estou mandando é ótimo.

Tem duas rádios aqui na cidade. Tocam muita música regional, pra quem gosta, né? Eu estranho um pouco, a mãe e o pai gostam muito e a turma daqui também. Preciso acostumar meus ouvidos (a gente vicia em só ouvir música americana), afinal é a tal história de raiz, né?

O pai avisou que volta pro garimpo, pra levar um gerador de energia pra ter iluminação lá na serra. Puxa, eu queria tanto ir junto! Eu até que ajudei ele, fomos encomendar uma peça numa oficina mecânica, para a bomba da draga que funciona na mina.

Ele me deixou dirigir o carro, já estou dirigindo bem, também aqui tem pouco movimento, não é difícil. A mãe não gosta:

— Pra que essa pressa? Custa esperar os dezoito anos?

— Custa, mãe, eu já sei dirigir.

— Mas não tem idade, Gerson!

Por falar em idade de dirigir, tem cada coisa engraçada! Outro dia, ainda em São Paulo, um colega meu (com dezoito anos completos) entrou na autoescola pra aprender a dirigir, aprender mesmo, porque ele nem sabia abrir a porta do carro, os pais levam tudo muito a sério. Então o instrutor disse: "Nossa, garoto, de onde é que você veio, hein? É o primeiro que me aparece que não vem sabendo dirigir..."

Voltando ao garimpo, eu insisti à beça:

— Me leva, pai, me leva, paiê!

— É tempo de prova, esqueceu?

Pô, que zorra. E eu mal em História desse jeito. Se a Clarice souber, me mata. Vou estudar como um burro, preciso fechar em todas, senão, "adiós garimpo de mi alma"...

À tarde tenho Educação Física. Três vezes por semana, segunda, quarta e sexta-feira. E com este calor, não é à toa que estou elegante.

A dona Mercedes apanhou uma gripe das boas, deve ter tomado chuva. Está de cama, não aguenta nem levantar a cabeça. A Raimunda fez uma canja pra ela, eu levei até à cama, ela vibrou: "Parece os velhos tempos, né, filho?".

Amanhã não tem aula, é dia do Cabralzinho.

Quando eu digo Cabralzinho, leia-se: Francisco Xavier de Veiga Cabral, que em 15 de maio de 1895, quando do ataque francês ao povoado de Amapá (forças navais de Caiena), comandou as forças locais e impediu a conquista estrangeira. Cabralzinho é um herói. O dia dele é feriado, fecha tudo, igual a dia de jogo da Seleção (quando não abre loja nenhuma, repartição nenhuma, vai todo mundo pra casa, emenda sesta e jogo de uma enfiada só).

Recebi cartas da turma. Tem convite à beça pra eu passar as férias de julho. Mais convites que férias. Puxa vida, se eu pudesse ir! É que a passagem — pra complicar a minha vida — subiu que foi uma desgraça. Só mesmo eu achando uns gramas de ouro lá na segunda lavada do garimpo.

Estava pensando nisso, a mãe me chamou lá do quarto:

— O que você acha de passar as férias em São Paulo, Gê?

Pulei de alegria. Ela disse que fala com o pai quando ele voltar do garimpo. Se depender dela, eu vou.

Xi, a conta do telefone chegou. Quando o pai souber... vai bater com a cabeça no teto. Foi uma nota sentida. Eu esqueço da vida quando falo com a Yuri, meu lírio nipo-ibero-brasileiro.

Aproveitei o feriado do Cabralzinho e fui conhecer a fortaleza de São José por dentro. Beleza de fortaleza. Passei um tempão lá dentro. Eu e o Tocha, que tem uma paixão pela fortaleza que até parece que é dele.

Depois fomos até um bairro chamado Curiau — uma pobreza terrível. Casas feitas de troncos de árvores, cobertas com folhas, porcos pelas ruas, misturados às crianças, estas barrigudas, doentes... Lá é uma espécie de favelão, pra pior, se é que possa existir coisa pior; disseram que o povo de Curiau é descendente dos escravos negros que construíram o forte — como pode?

Duzentos anos sem esperança de uma vida melhor?

Que coisa triste, meu Deus!

Me deu um aperto no peito, será que algum dia eles vão sair do Curiau? Eu reclamando da vida, pô, perdeu até o sentido eu reclamar da minha vida. A palavra Curiau agora é sinônimo de desesperança, de amargura.

Impressionante como tem velho aqui em Macapá! E como tem sossego também. Às vezes, me bate desespero de tanto sossego. Daí, eu vou procurar o Tocha, quando eu não estou com o Tocha, quer dizer, a gente vive junto... escapei da escola, tô no Tocha.

Quando ele está ocupado no mercado, pede:

— Espera por mim!

Daí a gente sai, eu peço:

— Faz alguma coisa pra espantar esse sossego, que eu não aguento mais!

Ele então inventa alguma coisa. É uma cabeça pra inventar coisa, o meu amigo Tocha. A última dele foi me ensinar a andar a cavalo, numa égua que é do pai dele. Lá fui eu na tal da égua — que é pequena mas muito forte. Ela é de trote, parece um barco de tanto que sobe e desce. Eu fiquei até meio enjoado. Mas isso não foi nada...

No dia seguinte, eu não podia sentar, abaixar, virar... parecia que eu estava podre, fiquei de pé na aula, a turma gozando:

— Andou de garrana, mano?

Eu nunca tinha andado a cavalo antes, minha nossa. A Mundica disse pra eu tomar banho de salmoura que eu melhoro — onde é que vou arrumar banheira? Só se for salmoura de bacia.

XVIII

Está um rebuliço lá em casa, a mãe inaugurou a Academia de Ioga. Arrumou logo dez alunas entre as conhecidas dela. O pai não gostou muito no começo, mas a tristeza da dona Mercedes era tão grande que ele achou mais prudente concordar, ou nós dois, eu e a mãe, pegamos o rumo do sul novamente.

A Academia vai funcionar num dos quartos (enorme), onde ia ser o escritório do pai. O pai perdeu o escritório, mas ganhou sossego, acho que valeu a troca, pelo menos pra ele.

Eu vou indo. Já estou com uma turminha boa, o Camarão, a Ana, o Tico de Macapá, o Tocha, o Tochinha, a Miss Macapá, que é bacana, eu fazia ideia que ela fosse burra, até que é sabida. A mãe acha que ela se matriculou na Academia (quando eu cheguei outro dia, a Miss Macapá estava se matriculando e conversamos muito) por minha causa. Se for isso, Mercedes, tire o cavalinho da chuva (como diria a Bá, lá em Curitiba), que quem mora no meu coração é a Yuri. Pera aí, troquei o nome da garota, Mercedes é a irmã dela, ela se chama Andréa.

Falando na Yuri, ela foi passar um fim de semana lá na fazenda, no interior de São Paulo, onde a turma costuma acantonar. Levou violão, disse que voltou até sem voz de tanto cantar em volta da fogueira, e a turma fiel em volta. Parece torcida do Corinthians, pô.

Ai, meu Deus. Ela, a garota mais popular da escola, e eu aqui, quase no ponto extremo do Brasil, que o Pinzón (o Vicente) descobriu em 1500, o cabo Orange, no norte do Amapá. Quando eu aprendi isso na aula da Clarice, parecia o fim do mundo, né? Pois é, eu vim parar no fim do mundo; qualquer dia peço pro pai me levar até lá.

O pai mandou recado pelo Biló — que veio comprar mantimentos —, que eu me esforce nos exames, as férias estão aí... garimpo à vista.

Ele disse (o Biló) que quando eu for ele também vai junto, mais uma turma boa. Se eu quiser posso até levar um amigo — boa, será que o Tocha topa?

Saí correndo, afundei no mercado, sou dos aflitos:

— Como é, companheiro? — despachei assim que pus os olhos nele. — Topas ir pro garimpo em julho?

— Por que não agora? Por que esperar julho?

Eta amigão de raça.

— E as provas, esqueceu? Tenho que enfrentar História.

— Falta pouco — continuou o Tocha. — A gente fica quanto tempo por lá?

— Ah, uns vinte dias. Se tiver sorte e achar ouro na segunda lavada, ainda dá tempo de passar uma semana em São Paulo.

— Xi, ainda depende de achar ouro? — O Tocha arregalou os olhos. — Perigando a viagem, hein, mano?

— É cara à beça, né, Tocha? E ainda por cima eu gastei umas milhas de telefone, o pai quase dá à luz. Preciso achar ouro de qualquer jeito.

— Ia ser gozado.
— O quê? Eu achar ouro?
— Não; teu pai dar à luz.
Nessa hora apareceu o Tochinha. Vinha aflito:
— Corre, Gerson, que as coisas tão pretas lá na tua casa!
O Tocha levantou de um pulo:
— Vou junto.
Nem perguntei o que era. Corremos feito loucos pra casa. Quando viramos a esquina da minha rua já vinha vindo o Corpo de Bombeiros, o Zé Grande pulou da moto, e lá atrás, ué... vinha correndo a Mundica parteira, de maleta de fazer parto. Será que eu tava ficando louco, seu? Ou era a mãe?

Entrei correndo em casa, sem saber se ria ou se acudia...

Nem precisei falar, a mãe adivinhou:
— Fiquei louca não, filho, o jipe pegou fogo na garagem e uma cliente minha, grávida de sete meses, está passando mal, fiquei com medo de ter que apagar o fogo e fazer o parto ao mesmo tempo...

Explicado.

Os bombeiros, o Tocha e o Zé Grande cuidaram do jipe. Eu, o Tochinha e a mãe assessoramos a Mundica parteira. E o bebê nasceu dali a pouco, berrando que dava gosto, não precisou nem bater na bundinha dela (era uma menina), ela promete, a danada.

Meu destino é ser médico mesmo. Comecei com a Sinhá-Moça e já estou ajudando em parto de gente, estou até pegando prática.

A mãe da garotinha convidou a dona Mercedes pra madrinha e eu fiquei até tonto quando ela olhou pra mim e falou:
— Aceita ser o padrinho, Gerson? Afinal você ajudou ela a nascer...
— Eu só fervi a água.

— Que foi uma coisa muito importante — disse a Mundica.

Então eu olhei bem na cara da recém-nascida, bochechuda e vermelha, batizei ela na hora:

— Mundica II.

Mundica I riu:

— Gostou do meu nome, garoto?

— Do seu nome, do seu jeito, vou ser médico e já estou aprendendo com você...

Os olhos da Mundica I até marejaram de alegria:

— Que é isso, meu filho, eu sou apenas uma parteira de sertão.

— Que é isso, dona Mundica? — falou a moça que tinha dado à luz. — A senhora é tão estimada por aqui. Faz tanto bem... olha, eu tinha até hospital marcado pra ter o nenê. Mas ele chegou antes do tempo e foi tudo tão bem, graças à senhora.

— E a ajuda aqui do colega — apontou a Mundica I.

— Eu? Só fervi água — repeti. Eu estava eufórico com aquela água fervida. Gozado, quando a gente via aquela correria em filme de cinema: "Manda ferver água!", eu tinha uma curiosidade louca de saber pra quê, diacho, tanto servia água fervida. Agora descobri. Serve pra desinfetar o instrumental do parto, pra limpar o nenê daquele sebo todo que envolve ele, uma graça. Meu Deus, que coisa incrível que virou a minha vida!

Esta água fervida está sendo a minha glória, é uma água inesquecível! E a minha afilhada então? Tô louco por ela. Ela é bem moreninha, cabeluda... A Mundica I disse que nasce criança até com dente, Virgem. Essa eu queria ver. Disse também que já fez parto de prematuro de seis meses e vingou, só que não teve registro nenhum, se perdeu no tempo e na memória, olhe que sem berçário especial, só com o calor de uma lâmpada, mil cuidados de amor. Mundica I tem histórias incríveis, ela é um livro de obstetrícia vivo.

XIX

Sabe o que este país está precisando? Me veio a ideia assim de manso, insistente. O que este país está precisando mesmo, com urgência, é de médicos que entendam de tudo, os clínicos gerais, que vão por esse mundão afora de país, curando o povo — o tal médico de família, que quase não existe mais. Ficaram só as Mundicas da vida.

Chega de tanto especialista, o Brasil precisa de uma multidão de médicos de família pra curar as crianças do Curiau, cheias de vermes e esquistossomose, as maleitas do seu Gabriel e do Biló, a doença de Chagas do nosso carteiro, pra ensinar o povo a ser mais saudável e feliz. Sem diarreias, desidratação, impaludismo, tanta doença, meu Deus.

Decidi.

Vou ser clínico geral. Pra entender de tudo um pouco, fazer de tudo. Parto, Chagas, vermes, maleita...

aquele médico de família que todos amam e respeitam e festejam como sendo da família mesmo.

Quem sabe eu mesmo venha pra Macapá, cuidar das crianças do Curiau... se esperaram tanto tempo — se esperaram duzentos anos, de geração em geração —, vão esperar por mim mais oito anos, afora a residência, e voltarei pra tentar salvar as outras crianças do Curiau, pra fazer outros partos como o da Mundica II, que, espero, tenha mais sorte que aquelas.

Volto, volto, que é isso... Gerson?

Pirou, malandro?

Tu não vivia dizendo que nunca mais ia voltar pro Norte? Que o teu lugar é o Sul? Será que o estouro do jipe, o parto da Mundica II te fez pirar de vez?

— Tão calado — a mãe passa a mão na minha cabeça, refeita do susto, a casa sossegada de novo, o marido da moça veio buscar ela e a Mundica II, os bombeiros já foram, ficaram só o Tocha e a Mundica pra jantar com a gente, que o Tochinha pegou uma carona com o Zé Grande.

— Tá sonhando em ser médico, sonho bom, meu filho — diz a Mundica I, sorrindo.

— Médico? — suspira a mãe. — Teu pai quer você cuidando do garimpo.

— Meu pai quer o quê? — dou um pulo na cadeira. — Passou esse tempo, mãe, eu tenho o direito de ser o que eu quiser na vida.

— Tem sim — concorda o Tocha. — Eu detesto estudo, por isso fui trabalhar com o pai; ele não obrigou, não. Agora o Tochinha e o Bolanga gostam de estudar, têm direito sim, dona Mercedes, besteira tentar obrigar. De cabresto, só burro xucro.

— E pra quem a gente deixa o garimpo? — suspira de novo a mãe. — Você é nosso único filho.

— Que é isso, mãe, você fala de garimpo como se

fosse um reino! Como se o pai fosse o rei lá no garimpo e eu o príncipe herdeiro! Chega a ser engraçado ... o pai gosta do trabalho dele, escolheu essa vida, tudo bem. Eu vou ser médico e pronto, garimpo que se ferre.

— Olha a linguagem — repreendeu a mãe.

— Ela precisava ouvir a linguagem lá do boteco — disse para o Tocha.

— Aqui não é boteco — continuou a mãe. — Lógico que você vai estudar, mas geologia, pra ajudar o Gabriel.

— Corta o papo, mãe — falei. — Eu vou ser médico. E se voltar pra Macapá, posso até ir pro garimpo, mas pra tratar os garimpeiros e o pai também, que andam roídos de maleita, tá?

Férias! Estudei feito um condenado mas valeu, fechei em todas as matérias (pela primeira vez na vida, mas se quero estudar medicina, preciso ir acostumando, né?) e o pai, chegando de viagem, prometeu:

— Semana que vem a gente vai pro garimpo. Avisa o Tocha.

A glória. Já estou arrumando minhas roupas, uma capa, se chover no caminho (quase certo), a minha santa rede, um abrigo, dois calções, quatro camisas, cinco cuecas, botas. O retrato da Yuri, lógico. A mãe arrumou uma pequena farmácia pra eu levar. Tem termômetro, aspirina, remédio pra disenteria, enjoo — o pai rindo:

— Ele não vai pra guerra, Mercedes!

— Quase — resmunga a mãe. Ela não queria de jeito nenhum que eu fosse pro garimpo. Mas faz questão cerrada que eu seja garimpeiro no futuro. Que falta de lógica, meu Deus.

O Biló recaiu da maleita. Tá lá na casa dele tremendo que parece que está levando choque. Diz que pra semana está bom de novo, quero só ver. Até me correu um frio no estômago, já imaginou se pego a danada?

O pai e eu fomos fazer as compras: gasolina, comida, óleo *diesel*, cigarros, ferramentas... que trabalheira.

Estou ardido de pressa de chegar o dia de ir pro garimpo. Me bateu uma curiosidade louca. A turma pondo fogo:

— Olha as mãozinhas de garimpeiro, vão ficar uma bolha só!

— Traz umas pepitas de ouro pros amigos, né?

— Só convidou o Tocha; olha que safadeza...

Convidei só o Tocha porque podia levar um colega só, o transporte é difícil e depois o Tocha é decidido, a mãe ficou contente que ele vá junto. Ele atira bem, é corajoso, um grande companheiro. Além de tudo, tem um gênio formidável, e isso ajuda muito.

Encontrei o Tochinha na rua, só por delicadeza falei:

— Olha, se você quiser ir junto, eu dou um jeito...

— Tá louco, Gerson? — ele é o único que me chama de Gerson por aqui. — Eu lá sou de garimpo? Ainda se fosse pra São Paulo.

Eu nunca vi dois irmãos tão diferentes na vida.

Ainda bem. Se ele dissesse que queria ir, eu tinha de falar com o pai e ia ser fogo.

XX

Amanhã é o grande dia. A Mundica I já veio ficar com a mãe, disse umas rezas complicadas pra "proteger de veneno de cobra", eu agradeci muito. Falou em cobra, eu faço qualquer negócio.

A mãe já está chorando adiantado, mãe é uma coisa. Não saiu do meu pé o dia inteiro:

— Cuidado com a água que bebe, Gerson!
— Não esqueça de escovar os dentes!
— Não ande sozinho na mata!
— Nunca fique descalço que lá tem escorpião!
— Credo, mãe! — reclamei a certa altura. — Quer pôr medo, ponha de uma vez, não fica fazendo suspense...

Até o Zé Grande apareceu pra se despedir. O Biló vai com a gente, já está melhor. Maleita é assim; ataca a crise, deixa o cara meio morto no fundo da rede, depois passa, até voltar novamente.

À noite saímos pra dar uma volta, a noite estava muito bonita e o céu todo estrelado. Aqui a gente vê as estrelas... é um sem-fim de estrelas.

Eu logo fui dormir, porque a gente vai sair às três da matina.

E, de repente, lá estava eu sozinho no meio do mato e alguma coisa se mexeu e quando olhei — lá estava ela, enorme e verde, como um tronco de árvore, e vinha na minha direção. Tentei sacar a arma, misericórdia, estava sem ela. Quis gritar, a voz sumiu na garganta. O bicho vindo, vindo... se arrastando, eu tentando gritar ou correr, o corpo todo coberto de suor e eu paralisado... então ouvi um tiro, a cobra caiu inteira da árvore, enquanto atrás de mim a voz amiga do Tocha dizia...

— Que foi, filho, você teve um pesadelo? — a mãe me sacudia, tentando me acordar.

— Eu... quê? — Sentei na cama empapado de suor.

— Você estava gritando como um louco. Teve um pesadelo.

— Tive, e era desse tamanho...

— O quê, filho?

— A cobra que o Tocha matou.

— Está vendo? — o pai apareceu na porta do quarto. — Põe tanta minhoca na cabeça do garoto que ele até sonha com cobra...

Três da madrugada.

O Xereta canta com vontade no quintal e o pai me acorda:

— Está na hora, filho!

Pulo da cama num átimo. Visto a roupa que a mãe deixou sobre a cadeira, ela já está fazendo café na cozinha, enxugando os olhos no avental:

— Chora não, mãe, são só uns dias. Logo eu tô de volta.

— Olha, Gabriel — ela fala sério. — Cuida do menino, hein?

O Tocha aponta no quintal, assobia, eu abro a porta pra ele. A mãe repete:

— Tocha, cuida do menino, hein?

— Menino? — o Tocha ri mas se controla. — Pode deixar, dona Mercedes, eu não descolo dele lá no garimpo. Se onça comer ele, pode contar que me come antes...

Sem querer, caímos todos na risada.

— Grande consolação — digo. — Toma café com a gente?

— Vim na esperança — se aboleta o Tocha. — Saí na surdina pra não acordar o pessoal, tô de estômago roncando.

Sentamos, a Mundica I aparece também pra fazer companhia. Três horas da manhã? Pra ela é dia feito, acordou no meio da noite a vida inteira. Fica assim uma reunião de família. Só falta a Sinhá-Moça, que tá mais que acordada lá no quintal, e a Raimunda, que só chega às sete.

O jipe (reformado) recebe toda a tralha, nem sei como cabe tudo. Antes, o pai foi buscar o Biló, que não tem despertador. Ele veio com o João e os dois ajudam o pai a acomodar tudo, uma mistura de jabá, ferramenta, mala, parece a partida de uma bandeira do século vinte.

Eu e o Tocha montamos em cima daquilo tudo — nem sei como coubemos os cinco —, ainda é noite fechada, só brilho de estrelas...

A mãe já me abraçou apertado, abraçou o Tocha. A Mundica benze a gente e o jipe.

— Pra onde, patrão? — pergunta o Biló na direção.

— Porto Grande — diz o pai, e eu me sinto o maior herói, partindo de madrugada em direção à serra, ao garimpo de ouro.

Decididamente, hoje — 5 de julho — eu deixo de ser criança; a partir de hoje, com medo de cobra e tudo, com pesadelo ou sem pesadelo, a arma bem presa no coldre, só pra prevenir — eu me sinto homem.

Porto Grande. Estrada de terra, três horas de viagem. Chegamos ao lugarejo, eram sete da manhã. Fomos direto ao local onde estava o batelão (que falta faz o avião), num igarapé do rio Araguari, junto à casa de um amigo do pai.

Descarregamos o jipe. No depósito da casa, o tambor de óleo *diesel* pra levarmos pro garimpo, pras dragas que furam o solo. Enchemos quatro tambores menores, cada qual com quarenta litros, pegamos também o motor de popa e colocamos tudo no batelão, mais a carga. Saímos uma hora depois.

Rio Araguari. Muito largo, nas margens só florestas, uma ou outra casa. O pai falando que o rio tem 564 km de comprimento, e nele há uma hidrelétrica e a famosa cachoeira do Paredão. Seis horas pelo Araguari até ao rio Capivara.

No rio Capivara navegamos mais três horas. Chegamos a um lugar chamado Boca do Rio e fomos obrigados a parar porque o rio estava seco e o batelão não passava.

Cinco horas da tarde. Descarregamos tudo e deixamos os tambores de óleo na casa de um conhecido do pai. Fomos em frente, pela mata adentro. Caminhos estreitos entre árvores imensas, que a gente olha e não vê a copa delas... O Biló e o João na frente, abrindo a picada com os facões, o pai atrás ajudando, eu e o Tocha só de olho nos galhos, ideia fixa. A certa altura, o Tocha recuou, nossos gritos se confundiram:

— Cobra!

O Tocha sacou a arma, eu tentei... de tão nervoso nem achei o coldre, quanto mais a cuja. O Biló falou, calmo:

— Pra trás que eu cuido dela!
Arrepiou o facão na galharia — ela se enrodilhou no ato, sumiu no susto, sobrou nem rabo. Biló riu:
— Carece matar não, podendo assustar, melhor. Todo bicho de Deus tem serventia...

Currutela. Só vendo como São Tomé pra acreditar. Um lugarejo no meio da mata, onde os garimpeiros compram fumo, farinha, etc. Uma coca-cola custa cem cruzeiros. O pai toma de graça, símbolo de prestígio local. Lá a gente achou dois dos nossos peões, o Zé Maria e o Edilson, foi aquela festa.

Andamos mais uma hora, já de lanterna na mão. Chegamos a um rio, onde a ponte era um tronco de árvore imenso. Lá fui eu pela ponte-árvore. No meio da ponte me deu uma zoada nos ouvidos — medo, fome, cansaço, tudo junto —, caí duro no rio. Nem deu tempo de gritar. O Biló, que pra sorte minha nada como peixe, me trouxe pra margem pingando como roupa em varal.

Garimpo, finalmente. Juntou a peãozada inteira pra me conhecer e ao Tocha. Uma gente legal, forte à beça, mãos calosas de picaretas, enxadas. Músculos salientes. Feições rudes e sofridas e uns olhos que, parece, viram tudo na vida.

Um deles dá as boas-vindas:
— Bem-vindo ao garimpo, garoto. Tu também, ó ruivo.

XXI

Atrás deles, desponta um homem atarracado, cabelo comprido e preto, jeito maneiro e pele avermelhada.

O pai chama:

— Vem cá, conhecer meu filho!

O cara se chega, manso, simpatizei na hora. Vem dele uma coisa forte e boa ao mesmo tempo, sei lá o quê.

O pai fala novamente:

— Gerson, este é o Índio, o cozinheiro. Toma conta do garoto pra mim, Índio!

Índio estende a mão, aperta forte.

Começa assim uma amizade que nunca mais ia se acabar, maior que a amizade dos Ticos da vida, maior até que a amizade do Tocha. Uma amizade tipo irmão de sangue.

Então, nem sei por quê, fiz a pergunta mais cretina da vida:

— Você é índio mesmo ou só tem o nome?

Ele sorri, um sorriso triste de quem entende pergunta besta.

— É uma história comprida; qualquer dia eu conto pra você.

— Vamos levar as malas pro rancho! — diz o Biló.

O rancho. Onde a gente dorme (palavra maravilhosa, eu tô morto). Uma armação feita de troncos de árvores com cobertura de lona e sem parede. Tava bom pra mãe ver. Ali a turma toda arma as redes, pendura as coisas nas forquilhas, um sarro.

Então, um dos peões resolve me gozar:

— Olha, rapazinho, toma cuidado, tem muita onça por aqui e onça gosta de carne nova...

Caem todos na risada. Respondo à altura:

— Só o tempo de me comer e morrer envenenada.

— Estamos precisando de um bom banho de rio — convida o João.

Vamos lá que o calor está ferrado e a água deve estar geladinha. Aliás, eu sei de causa própria, já venho de um banho de rio.

O rio é ali perto. Levamos uns candeeiros. O Biló não quis ir, que ainda está meio malembento da maleita, e já tomou um banho por minha causa. No caminho, chamo pelo Índio:

— Posso não, vou esquentar a boia pra vocês!

A água está uma delícia. Tomamos banho nus em pelo, feito índio mesmo. De repente, lembro:

— Virgem, será que não tem piranha?

— Bobagem — ri o João. — A gente vive dentro desse rio, nunca viu piranha. Se tiver, tá tudo tomando conta da vida dela. Comida é o que não falta...

Gargalhadas soam em volta, uma estrepolia, um barulho, uma agitação. Pulo. O João explica:

— É a macacada, Gé. Fazem uma balbúrdia dos diabos. Se divertem com a gente...

— Onde estão? — olho em volta e vejo nada.

— Atrás das folhagens. Disfarça que eles logo aparecem. São ariscos. Depois vão amansando, mas carece cuidado pra não levar uma saraivada de cocos na cabeça. O que eles tiverem, eles atiram...

O bulício continuava...

— Verdade que bicho silvestre transmite raiva? — pergunto, a medo.

— Carece cuidado — repete o João. — Evitar mordidas, essas coisas... Quanto a mim, não quero muito achego não, eles lá, eu cá.

Jantar, que fome! O Índio esquentou um caldeirão de feijão com jabá que a turma já tinha comido, mais farinha. Tava uma delícia. A gente comeu à beça; o Tocha, então, como come, seu.

Que beleza o gerador! Funcionou direitinho, as lâmpadas ligadas, um troço. Ainda bem. A inauguração foi em grande estilo, a gente trouxe umas peças que faltavam.

— Valnides, traz a sanfona! — gritou um.

O Valnides corre pro rancho, volta de sanfona. A turma faz uma roda com ele no meio. Um deles tira uma gaita do bolso, começa a tocar. Quando fica maior o entusiasmo, outro se levanta, começa a dançar, uma espécie de xaxado, sapateado à moda do Nordeste (a maioria é nordestina), outros se levantam. Quem não dança, ri, bate o ritmo com as mãos.

Procuro o Índio, não vejo. Pergunto pro Biló.

— Cadê o Índio? Não se diverte com a gente?

— Ah, tá por aí; tem vez que se mistura com a gente, tem vez que não. Quando bate a saudade do povo dele, fica zanzando pela mata.

Então é Índio mesmo.

— Vou procurar ele...

— Vai não — diz o Biló. — Mata, noite cerrada, é perigoso. Nem pense. Índio é índio, esqueceu? Conhece mata como palma da mão dele.

— Tem razão — concordo. Não andasse por aí a tal onça que gosta de carne nova.

Não demorou nada, um miado ardido soou na mata, o Biló fungou:

— Tá perto hoje o danado, sentiu gente estranha...

— Quem? — quer saber o Tocha, curioso.

— Um gatão do mato que vive perto — diz o Edilson. — Qualquer dia eu mostro ele, se der jeito.

— Precisa não — se apressa em dizer o Tocha.

— Tem perigo não — garante o Edilson. — Tem muita caça pra ele aí na mata. Depois, se chegar perto, leva tanto tiro que vira peneira...

— Se não pegar alguém antes — falo, meio enjoado.

— Pega não — ri o João. — A gente não dorme tudo junta no rancho? Ou pega tudo ou não pega nenhum...

Me passa até um frio pelo estômago, lembrando do rancho onde a gente vai dormir "tudo junta", como diz o João, aquele arremedo de casa sem parede. Ai, minha mãezinha, que saudade dos pernilongos de Macapá, da minha casa, do Xereta, empoleirado no galho da árvore e me enchendo a paciência a noite inteira...

XXII

Acordo de manhãzinha com o rebuliço da turma, de pé há muito tempo. Vou até o rio e tomo outro banho, uma delícia. O Índio já tinha preparado a milharina, água de rio, açúcar, milho e coco ralado. A coisa é tão boa que eu como três vezes.

Aí o pai me chama pra ver o local de onde eles tiram o ouro. Clarice, você precisava ver... um buracão de uns vinte metros de fundura por uns dez metros de diâmetro, parece buraco de metrô, lá dentro a máquina trabalhando, um barulhão que faz a tal draga. Os garimpeiros acabaram de tirar uma mostra do novo veio, deu um grama de ouro de uma só bateada, o pai disse que está bom.

A draga vai tirando a rocha e a terra, e os garimpeiros lavam tudo aquilo na bateia. A segunda lavagem o pai deu pra mim e lá vou eu pôr as mãos na massa (como diria a Bá, lá em Curitiba). Tava bom pra me ver agora, calça arregaçada até ao joelho, botas, pegando aquela enorme bateia, e toca a lavar terra e cascalho... Anda lá, ouro velho de guerra, dá uma deixa aqui pra principiante que tá louco de saudade da Yuri e quer voltar pro Sul.

A peãozada me goza:

— Tá gostoso, neném? Ou vai cair com o peso da bateia?

— Goza não, que eu já acho ouro...

— Olha o ouro escorrendo que nem mel...

— Paciência, garoto — fala o João, se rindo no estardalhaço. — Cadê o chapéu?

— Nossa, esqueci o chapéu. A mãe recomendou tanto, bem que estava ardendo a cabeça. — Corro buscar lá no rancho, no meio das redes e malas, uma bagunça. Tem coisa guardada em saco plástico, principalmente coisa de comer, que às vezes aparecem umas ratazanas do mato que, dizem, são do tamanho de um gato adulto.

Penso nas ratazanas, não deixo por menos — cobra e rato são a minha perdição na vida, tenho medo que me pelo —, afivelo o coldre na cintura.

Garanto o bichinho bem rente; apareceu, eu mato. Se conseguir sacar, lógico. Vá ser desajeitado assim no raio do inferno.

Cadê o Tocha? Gostou tanto da milharina — devia chamar Tira-Sono, dá uma força — que está lá, rente, pedindo a receita. O Tocha é um guloso. Duvido que ele bateie, gosta é de movimento. E de pescaria. Deve estar convencendo o José a ensinar ele a pescar como índio. Falei José? É o nome civilizado dele. É isso que dá, será que ele ainda sabe pescar como índio?

Dito e feito.

Lá vem o Tocha, cara animada, vem gritando — ele não tem paciência de chegar até onde estou, já vem no grito:

— O Índio concordou, vai ensinar a gente a pescar à moda indígena.

Não falei? Eu conheço o Tocha.

— Vai ensinar que hora, cara? Com todo o rancho por fazer...

Aqui, tudo é rancho. Onde dorme é rancho, onde come é rancho.

— Ele dá um jeito, entre um rancho e outro, nem que seja com sol quente...

— Sol quente? Tá brincando? Isto aqui tá mais quente que uma caldeira...

— Acostumou ainda não, mano? Esquece o Sul, aqui é o Norte.

— Cozinha o miolo da gente — continuo. — Ainda bem que a mãe insistiu no chapéu, pô.

— Mãe sabe das coisas, às vezes aporrinha...

— Quê?

— Aporrinha...

— Lá vem palavra fiada.

— Enche o saco, entendeu?

— Olha a linguagem — imito a mãe. — Não bateia, não?

— Eu? O filho do dono és tu, mano.

— A gente divide.

— O quê, a areia? — o Tocha ri. — Sem essa, tô na minha, não tenho namorada que valha o sacrifício.

— Engraçadinho.

— Vim só pela aventura. Nadar, pescar, já imaginou o Índio assando um peixe na brasa? Se no mingau ele é um mestre...

O Índio se achegava de manso:

— Gosta de pescaria também?

— Me chame de Bolanga.

— Gosta de pescaria, Bolanga?

— Mais ou menos, pra falar a verdade nunca pesquei na vida.

O Índio riu:

— Então, como pode saber se gosta ou não?

— É — disfarço. — Não posso mesmo.

— O Tocha tava combinando uma pescaria. Se tu quiser ir junto.

— Lógico que eu vou.

— Precisa paciência e silêncio pra não espantar os peixes. Seu Gabriel adora pescaria, eu convido ele.

— Paciência e silêncio — repito. — É a nossa especialidade, né, Tocha?

— Nem diga — fala o Tocha, ressabiado. No primeiro grito do Tocha, some peixe do rio até a foz.

— Então a gente vai, eu aviso o dia — o Índio volta pra cozinha dele, improvisada sob uma cobertura de lona, encostada na rocha viva.

Já estou me ambientando aqui no garimpo. A turma é legal. É só pegar o jeito de ser deles. Além do João e do Biló que eu já conhecia, além do pai, lógico, e do Índio, que já é meu amigo, há uns vinte caras pelo menos. São de vários lugares, Maranhão, Bahia, Pernambuco, Pará. Então, é uma mistura de sotaque gozada, que a gente aprende a diferenciar. O sotaque baiano é mais suave, mais cantado; o de Pernambuco é mais forte e áspero; o do Norte é diferente dos dois, gostoso. Junta o meu sotaque de sulista, já viu, né? Eu falo os erres e eles, e abuso do tu... mas já estou falando meio diferente, aos poucos pego o sotaque nortista.

XXIII

Tem um cara aqui que é fora de série, o Arranca-Toco. Quer dizer, esse é o apelido dele, o nome mesmo é Severino, ele é pernambucano de Garanhuns e ganhou o apelido por um motivo simples, ele é o mais forte da turma. Forte é modo de dizer, ele é um Tarzan nordestino, só que queimado de sol e com sotaque.

O Arranca-Toco é pau pra toda obra. Precisou de força bruta, a gente berra por ele. A draga empaca ou pega em rocha viva, o capataz, o Miltão, grita:

— Arranca-Toco, vê se desencalha esta merda!

Lá vai o Arranca-Toco no passão mole dele, parece um batelão avançando de popa — e a draga sai mansa mansinha, na hora...

Ou então é o Biló, ainda maleitoso, que se afoba na bateiada e apela: — Dá uma mão aqui, ó Arranca-Toco...

E a bateia voa, no ritmo certo, na força dos braços do Arranca-Toco, pernambucano da gema, que ainda se dá ao luxo de cantar o Gonzagão, que ele adora: "Minha vida é andar por esse país..."

O Arranca-Toco não para o dia inteiro. De lá pra cá, de cá pra lá. Ajudando o Índio a tirar couro de caititu (porco do mato muito gostoso que a turma às vezes caça), a levantar tronco de árvore pra escorar a mina lá embaixo, o Arranca-Toco é o patrimônio do garimpo.

Além de tudo, é um emérito contador de "causos". O "causo" que ele mais gosta de contar é o do caititu. Foi assim. O Arranca-Toco resolveu caçar caititu e convidou o Zé das Neves, um negro bonito, que até brilha a pele dele; ele é o humorista do garimpo, o contador-mor de piadas. E tem esse apelido porque tem uma dentadura (dele mesmo) tão branca e tão linda que é a coisa mais rara de se ver por onde quer que se ande neste país de desdentados, e que ele trata como se fosse joia, rindo à toa pra mostrar ela, no que tem toda a razão e mérito. Dizem até que o Zé das Neves não fuma pra não escurecer os dentes e leva a escova de dentes no bolso.

Mas como eu ia dizendo, e me perdi nos belos dentes do Zé das Neves, o Arranca-Toco convidou ele pra caçar caititu e ele aceitou. Quando iam saindo pra caçada, o Índio perguntou:

— Vão caçar caititu?

— Vamos. Quer ir junto?

— Quero sim — disse o Índio e, muito contra os seus hábitos, o que causou estranheza, pois não é amigo de caçada, largou tudo e foi junto.

O caititu é uma espécie de porco, mas diferente do porco doméstico porque, ao contrário deste, não tem toucinho. Conhecem ele também por queixada. Na vara, quer dizer, em grupo, é uma fera terrível que ninguém enfrenta, mesmo armado, porque ataca pra valer com as presas reviradas, que são um perigo.

A única vantagem que leva o caçador é que, apesar de nadarem muito bem, os caititus não sobem: nem em árvores nem em troncos caídos. Então, o negócio é subir numa árvore, esperar um caititu se desgarrar da vara, que às vezes junta cem animais de uma vez, e acertar o bicho.

Mas como eu ia dizendo de novo e empaco no caminho, o Índio foi junto, arre... e subiram todos numa árvore à espera da vara. A certa altura, a vara passou num corpo só e o Arranca-Toco atirou e matou uma queixada. Quando o último caititu da fila passou, o Zé das Neves fez menção de atirar também, aí o Índio gritou:

— Não atira, não, João, que tu mata o Caipora!

O João levou tal susto que quase cai da galhada e a vara assustada se atropelou e sumiu na mata. Então o Índio explicou que só se mata caititu (e qualquer caça) o suficiente pra comer, e que o último caititu da manada leva sempre montado no lombo o Caipora, que é o senhor das matas e protetor da caça. É uma lenda indígena que todo índio que se preza respeita.

Pensando bem, eles têm razão. Pra que matar mais do que precisa? Bem dizem que por onde passa índio ele nem deixa rastro, não perturba o equilíbrio da natureza. Quem devasta, mata, extermina tudo com avidez assassina é sempre o homem civilizado. Ou dito.

Quando acabou o "causo", o Bento, único mineiro do garimpo, comentou:

— Bem se diz lá na terra que caititu longe da manada cai em papo de onça...

— De onça não, do Arranca-Toco — disse o Biló.

— O que dá na mesma — insistiu o Bento, fazendo a turma cair na risada. Olha que enfrentar onça ou o Arranca-Toco, com todo aquele gênio explosivo dele, *made* em Garanhuns, é meio difícil de resolver. É mais ou menos como ficar entre a cruz e a caldeirinha, ou então, como disse o Biló:

— Depende da onça.

97

Eu, hein?

Fiquei com vontade de provar caititu. Na falta dele, comi porco mesmo, que a turma cria por aqui, numa panelada de feijão mais farinha. Aliás, o pai disse que tentou mudar um pouco o cardápio, introduzir um rancho diferente. Que nada. Foi um rebuliço no garimpo, sem feijão, jabá e farinha ninguém trabalhou. Fizeram greve de fome e de lavagem de ouro, com o Arranca-Toco à frente. Viu a barra, né? O pai se mandou como vento e foi buscar feijão, jabá e farinha lá em Macapá... então, tudo voltou ao normal.

Hoje bati um papo gostoso com o Índio. Ele estava preparando o rancho, eu não aguentava mais batear aquela terrama toda debaixo do sol. Então, fui conversar com ele. Ainda mais que, até agora — pra minha desilusão —, não achei nem cheiro de ouro, foi só suar e encher a mão de calos, que mão de garoto de cidade decididamente estranha bateia de garimpo. É mais ou menos como traseiro de moleque em lombo de égua garrana. Leva tempo e jeito, até passarem as bolhas e o descadeiramento.

O Índio estava mexendo um caldeirão em que cabe até eu dentro.

XXIV

— Tem saudades da tua terra, Índio?
Ele parou de mexer o tacho, me olhou comprido...
— Tem saudades não? — repeti. — Deve ser muito melhor ser índio livre que cozinheiro de garimpo, né?

Aí, sem querer, botei o dedo na ferida, eu cutuquei fundo. Até hoje me pergunto se foi mesmo sem querer ou foi pra provocar o Índio. Saber o que se passava na cabeça dele, sempre tão calado, um ar submisso, acatando as ordens do pai, "sim senhor, seu Gabriel", "não senhor, patrão", muito rápido pro meu gosto, muito submisso demais, porque o olhar — ah, esse não enganava ninguém, a boca dizia "sim senhor, não senhor", mas os olhos brilhavam lá no fundo, duas brasas, tinha qualquer coisa no olhar do Índio que eu ia descobrir de qualquer jeito.

Então, fiz a pergunta assim meio no rude, na porrada, o Índio primeiro me olhou, depois, quando repeti, ele primeiro teve um instante de recuo, mas não aguentou e disse:

— Não adianta ter saudade daquilo que não existe mais.

Era isso. E o jeito sem emoção, duro mesmo, frio, não me deixou mais recuar também. E fui fundo:

— Como, não tem mais?

Então ele esqueceu o caldeirão de feijão fervendo com jabá, esqueceu a cuia de farinha, esqueceu a fome dos peões se lavando no rio doidos de fome, e lavou a égua, se abriu de vez, na voragem da paixão e da sórdida realidade dele:

— Não tenho mais terra porque a aldeia em que eu nasci virou pasto de fazenda, porque a floresta onde eu vivi virou estrada de fazenda, não tenho mais gente porque a gente que eu tinha morreu toda ou quase toda e sobrou um punhado por aí, esmolando pelas estradas, ou se prostituindo ou cozinhando pra branco, criado de branco como eu no garimpo, entendeu?

Então eu entendi a diferença entre o "sim senhor" e a brasa do fundo dos olhos, eu entendi a pressa de ir junto na caçada pra proteger o último caititu da vara, a ânsia de preservar um mínimo de raiz, de identidade com a mata que aqui ou acolá não lhe pertence mais, mas ainda assim é a mata.

Mas eu tinha curiosidade, abençoada ou maldita curiosidade, sei lá, e já que estava com o dedo na ferida e a verdade dói, mas só sai inteira se cutucada a fundo como carnegão de ferida, eu continuei:

— Mas por que vocês acabaram assim? Não teve ninguém pra defender vocês?

Aí o Índio riu, e eu vi que ele tinha falhas nos dentes e manchas de nicotina nos dentes que ele ainda tinha. E falou:

— Defende, até não achar coisa que interesse na terra da gente, né?

— Que tipo de coisa?

— Ah, garoto — o olhar dele brilhou mais forte. — Tanta coisa. Minério, diamante, ouro como aqui, ou então petróleo. Ou então precisam da terra pra fazer pasto de boiada, ou rio pra boiada beber água, ou então precisam abrir estradas na nossa terra pra levar boiada, então a terra do índio fica importante, o índio é mandado embora... e longe das terras dele, das colmeias dele, dos rios dele, do roçado dele, dos amigos dele, que vivem noutras aldeias, e onde o índio casa e partilha tudo que ele tem, e conversa e conserva toda a tradição dele, e mais ainda o espírito dos mortos dele que vivem nas cavernas sagradas, e continua índio, livre e feliz com os costumes dele — então, longe da terra dele, dos amigos dele e de tudo o que ele ama, o índio deixa de ser índio, vira peça de museu, se destrói, acaba morrendo por aí, como coisa suja e sem utilidade...

Agora havia emoção na voz dele, mas havia coisa maior, um desencanto tão profundo, uma dor tão sem remédio, que eu até perdi o jeito.

— Mas tem de haver uma forma de mudar isso tudo — continuei, a tola fé inocente de garoto de cidade grande que aporta num garimpo de ouro e pensa que é dono do mundo.

— Mudar? — riu de novo o Índio. — Será que adianta mudar? Olha pra mim, garoto. Eu sou de uma nação poderosa, a nação Nhambiquara. Onde quem comanda é sempre o mais esperto, quem mais divide as coisas. Minha nação é chamada o "povo dos iguais" pelos brancos, porque todos nós temos o mesmo direito de mandar, de ter riquezas. A gente era muita, uns vinte mil pelo menos, sabe quantos sobrou? Se tiver quinhentos é muito, como foi que tanto índio morreu? De sarampo, tuberculose, desidratação, sífilis, veneno que eles põem nas nascentes dos rios que a gente bebe, remédio que eles põem pra acabar com as plantas e tudo virar pasto pra boiada deles, a gente morreu principalmente foi de fome. Destruíram nossas cavernas sagradas, onde moram os espíritos dos nossos mortos, com os tratores e máquinas deles. A gente tem uma crença que diz: "Quando a mão branca profanar a morada dos espíritos, o fim do mundo está próximo". Pra nós, ele já chegou. Chegou com as queimadas gigantes, com os peões armados até os dentes, com as cercas de arame farpado, com os tais venenos, com as estradas que cercam nossas aldeias e mudam a vida da gente. Sem caça, sem mel, sem frutos silvestres, o que resta? Nem o sossego de nossos mortos, cujos corpos a gente enterra no chão da aldeia, mas cujos espíritos vão morar nas cavernas sagradas...

— Você fala bem, podia ajudar seu povo...

— Eu aprendi convivendo com os brancos. Fui parar num colégio de padres e lá aprendi o ofício de cozinheiro, sou batizado com o nome de José, você sabe.

— Ajudou, né?

— Aí que você se engana. Eles pensam que ajudam o índio, mas ajudam a tirar o resto de índio que existe na gente. De que adianta a gente ser batizado, ter nome de branco, saber que isso ou aquilo é pecado? Adianta eu ser índio de verdade, conhecer as minhas crenças, defender meu povo, mas continuar sendo índio inteiro. Aqui não sou ninguém, nem branco nem índio, vestido como branco, falando como branco, comendo como branco, eu não sou uma pessoa inteira, entende? Eu estou morto, entende? Podia estar enterrado na beira da estrada que era a mesma coisa...

XXV

Aquilo tudo que o Índio me disse ficou martelando na minha cabeça, martelando, martelando, até que o pai percebeu:

— Triste, filho?

— Me diz uma coisa, pai — falei. — Quando você chegou aqui no garimpo, tinha índio por aqui?

— Não tinha não — falou o pai. — Os índios do Amapá estão mais no centro, na Serra do Navio.

— Mas diz — insisti. — Se você chegasse aqui e encontrasse uma aldeia, sei lá, o que você fazia?

— Já disse que não havia índio por aqui...

— E se houvesse?

— Quer uma resposta honesta?

— Só quero.

— Olha, filho — o pai me olhou bem de frente. — Eu tentei muita coisa na vida, muita coisa mesmo. Nada deu certo. Então, entrei fundo no garimpo de minério, ouro, diamante, cassiterita e tantalita. Foram doze anos duros, filho, já apanhei umas três maleitas, recaí delas uma dezena de vezes. Fui picado de cobra, quase comido de onça, atravessei rio de canoa que perdi a conta, trazendo comida e ferramenta pro garimpo, levando minério de volta. Foi duro, filho, o avião só comprei este ano, nem deu pra pegar o gosto, tá lá, jogado na pista, por falar nisso quero te levar pra conhecer, fica pros lados dos outros garimpos meus.

— A gente vai, pai — falei. — Mas você ainda não me respondeu...

— Vou responder, filho, e honestamente. Se eu tivesse chegado aqui sabendo que tinha minério ou indício dele e houvesse índios... eu ia lutar pela terra, ia tentar tirar eles daqui de qualquer jeito, ia mesmo.

— E mandar eles pra onde, pai?

— Para o norte, filho...

— E se houvesse minério também por lá...

— E tem mesmo...

— Lá também eles iam mandar os índios para o norte, mais para o norte, né, pai? Até caírem no oceano Atlântico?

— Não sei dizer.

— Tá bem, você não sabe. Mas sabe o que faria se houvesse índio aqui. Agora, você deu emprego pro Índio, pra ser cozinheiro aqui no garimpo, como cozinheiro ele não causa problema, né, pai?

— Não seja injusto, Gerson.

— Não sou injusto, eu sou realista.

— Pra você é fácil falar, né? Morando numa casa confortável lá em São Paulo, frequentando os melhores lugares, gastando dinheiro com a maior facilidade... e a tua mãe e eu separados há doze anos, eu aqui, dormindo em rancho sem parede ou então sozinho lá no hotel, em Macapá, sozinho e doente, no Natal, quantas vezes, nos fins de semana, nos domingos — quantos domingos andei sozinho pelas ruas, ouvindo o ruído das casas, as vozes lá dentro, eu sozinho como um cão, cão abandonado. E vem você agora me falar de índios, não fui eu que comecei a desbravar este país, abrir estradas, criar latifúndios, não fui eu que inventei a mineração, eu vim apenas tentar a minha última chance na vida, entendeu?

— Entendo, pai, mas o que me dói é saber que por causa de trabalho como o seu é que acontece tanta desgraça para os índios, me dói, sabe?

— Na tua idade é fácil se doer pelos outros, meu filho, quando você tiver a minha idade e a da sua mãe, vai entender que primeiro a gente defende o que é da gente, da própria família, o ganha-pão, a propriedade...

— Isso aí, pai, o senhor falou tudo; só que os índios querem fazer exatamente isso, né, defender o que é deles, da nação deles, da propriedade deles, não é mesmo?

— É diferente...

— Diferente por quê? Por que ele é índio, inferior, é isso?

— Não me ponha palavras na boca; é diferente, só isso...

— Diferente porque é conveniente ser diferente...

— Fale comigo daqui a dez anos, filho...

— Ah, eu não vou mudar, não, pai, se algum dia eu mudar desse jeito, vou ficar como o Índio... sabe o que ele me disse? Que se estivesse morto e enterrado na beira da estrada dava no mesmo...

— Dava coisa nenhuma, conversa fiada dele. Ele está vivo, não está? Tem um emprego decente, come bem, todos são amigos dele, que é que ele pode querer mais?

— Identidade, pai, ele quer a própria identidade. Ele não é mais índio e não é um branco; ele perdeu a identidade dele.

— Será que não saiu ganhando?

— É isso que você pensa mesmo, pai? — perguntei admirado. — Índio tem a nação dele, o nome dele, que

105

corresponde a essa nação, ele me disse. E tem mais: os costumes deles, a língua, a cultura só deles, pai. Você está enganado. Os índios só têm a perder no contato com a gente. Eles se transformam em sobreviventes, só isso.

— De uma forma ou outra, somos todos sobreviventes, filho — disse o pai, e aquilo foi a coisa mais triste que eu ouvi na vida. Mais triste até que a história do Índio falando do fim da nação dele.

Uma nação. Com suas aldeias, o povo indo de lá pra cá, de cá pra lá, dividindo coisas, dividindo experiência, casando entre si; passando a história de pai pra filho, de avô pra neto, uma história contada ao redor da fogueira; quando um morria, era enterrado no pátio da aldeia. O corpo só. A alma, "a imagem do outro no olho", essa ia para a caverna sagrada, morar com os espíritos eternos, junto às pinturas das paredes e dezenas de triângulos, símbolos de fertilidade e fecundidade. Uma nação. Como termina uma nação? Tão melancolicamente, tão simplesmente, tão impunemente...

E vem o pai — que sempre foi uma espécie de herói pra mim — e diz que "de uma forma ou de outra somos todos sobreviventes...", que tristeza, meu Deus! (O que diria a Bá, lá em Curitiba?)

Eu não quero ser um sobrevivente. Posso até ser realista, ver toda a realidade da vida, do que me cerca, até aceitar muita coisa, fazer concessão pra muita coisa, eu sei que no começo vai ser assim — mas isso é muito diferente de ser apenas um sobrevivente.

Sobrevivente é aquele que não espera mais nada, não crê em mais nada, não defende mais nada. É um morto andando, alguém que esqueceu de cair. Isso nunca. Nem acho que o pai seja apenas um sobrevivente. Ele luta, ele sonha, ele ambiciona. É a ambição de ser alguém, de ser um homem rico que força ele nessa caminhada louca pela serra, navegando de batelão pelo rio, abrindo picada na mata virgem — isso é mais que sobrevivência, que seja apenas egoísmo, ambição, mas já é alguma coisa, mantém um homem vivo.

Eu não quero ser um sobrevivente. Viva cem anos, eu me recuso a ser apenas isso na vida. Eu vou lutar pelas minhas ideias, eu vou tentar fazer alguma coisa, pô, eu quero ser útil. Pra alguma criança de barriga inchada de vermes, pra alguém com doença de Chagas, pra algum garimpeiro roído de maleita, prum índio morrendo de tuberculose ou sífilis, sem pátio de aldeia pra ser enterrado com dignidade, nem caverna sagrada pra alma dele morar com os espíritos eternos...

XXVI

Hoje fomos ver o avião lá na pista. Quer dizer, os aviões, porque um se chocou contra o outro, né? Um pertence ao pai, outro a um tal de Nélio, dono de um garimpo aqui por perto. Ele não deve ter gostado nada do acidente, ainda mais que ficou sem poder usar o avião dele também. Tá dependendo do pai achar o novo veio de ouro pra poder pagar mecânico-funileiro que venha de Belém pra consertar os dois aviões. O Nélio já disse que não paga nada, o avião dele estava quieto na pista e foi o avião do pai, com o Gavião pilotando, que abalroou o dele.

Agora, quem deu a tal ordem: "pode descer, que tá esperando?" — o Orelhão, que orientava pelo rádio, ninguém mais viu ele por aqui. Das duas, uma. Ou ele deu a ordem e sumiu depois com medo de enfrentar a responsabilidade ou sumiram com ele.

— Ih, pai, precisa consertar logo, senão vira ninho de macaco...

— Vamos ver se o veio colabora, senão ele vai virar ninho é de cobra...

Foi aí que o Nélio apareceu, surgido não sei de onde, ele tinha ouvido falar que o pai estava no garimpo e resolveu acertar as contas, daí eu entendi a história de ninho de cobra...

— Quando é que vai resolver esse bendito conserto, hein, Gabriel? — falou ele com cara de poucos amigos.

— Um pouco de paciência, Nélio — pediu o pai. — Eu ainda não tenho o dinheiro do conserto. Estou tentando arranjar.

— Pois tente logo — continuou o homem —, que eu tô cheio de vir de canoa e pelo meio da mata abrindo picada, com um avião novinho em folha aqui, servindo de brincadeira de macaco...

— Você tem razão — concordou o pai. — Alguém viu o Orelhão depois do acidente?

— Esse — o Nélio até riu — deve estar correndo até agora.

— Sossegue que eu estou quase arranjando o dinheiro.

— Novidades no garimpo? — o Nélio olhou de viés. — Achou algum veio novo, companheiro?

O pai não respondeu, o outro finalizou:

— Com ouro ou não, eu quero esse avião novinho em folha como ele estava antes do acidente. Novinho em folha, ouviu?

— O que é da minha obrigação não precisa lembrar — respondeu o pai. — Só que a culpa não foi minha, você tá cansado de saber. Se ao menos eu achasse esse Orelhão de uma figa...

— Pra mim não faz nenhuma diferença — disse o

Nélio. — Ele não tem dinheiro pro conserto e trabalhava pra nós dois...

— Mas é justamente por isso. Se ele trabalhava pra nós dois, o justo seria dividir os prejuízos. Mais que justo, Nélio.

— Dividir uma ova... — o Nélio cerrou os punhos, ainda bem que o Arranca-Toco estava com a gente, porque o homem era o dobro do pai.

— Dividir sim, o justo era dividir — insistia o pai.

— O Gavião é meu piloto e ouviu direitinho a ordem para descer, quem errou foi o Orelhão e ele é teu funcionário também...

— Encurtando a prosa, companheiro — disse o Nélio, andando na nossa direção. — Ninguém mais vai pôr olho no Orelhão, nunca mais, viu?

— Ué, pai, será que ele sumiu com ele? — falei assim de chofre, sem querer.

O Nélio riu com gosto.

— Imaginação aí do garoto, hein, filho de peixe sai peixinho.

— Até que o menino teve uma boa ideia, patrão — falou o Arranca-Toco, ressabiado. — Era uma aporrinhação medonha pra ele, o Orelhão falando, né?

— O grandalhão aí também pensa — disse o Nélio.

— Tu tá querendo briga, mano? — disse por sua vez o Arranca-Toco, começando a se animar.

O Nélio mediu o pernambucano dos pés à cabeça. Pediu trégua:

— Que briga, companheiro? Eu só tô acertando as contas aí com o teu patrão, o Gabriel. Sem o depoimento do Orelhão ele tem de pagar tudo sozinho...

— Infelizmente é isso mesmo — suspirou o pai. — Sem o homem, como eu posso provar que o Gavião ouviu a ordem mesmo? Fica palavra contra palavra...

— E a palavra dele, pai, não vale nada?

— Vale — riu o Nélio, levando a mão à cinta. — Mas tem coisa que fala mais alto, garoto.

— Eu ainda te pego, desgraçado — bufou atrás de mim o Arranca-Toco.

Coitado do pai.

Mesmo que descubra o novo veio de ouro, o lucro vai todo pra consertar os dois aviões. E afinal ele tem razão: se o Gavião ouviu a tal ordem, ninguém tem culpa, o negócio era dividir os prejuízos. Mas não se pode provar nada, nem que o Gavião ouviu o Orelhão mandar descer, nem que ele era funcionário tanto do pai quanto do Nélio, porque o Nélio vai negar, lógico, e o Orelhão sumiu.

Que enrascada. E tudo no meio da serra do Amapá, daí vira enrascada das grandes, né? Eu não fui nada com a cara do Nélio, tem uma cara "capaz de tudo", ele é o aventureiro típico que faz qualquer coisa por dinheiro.

O Arranca-Toco jurou que acerta as contas com ele. Ele é homem de palavra, o Zé das Neves disse que quando o Arranca-Toco promete uma coisa, vai até o inferno pra conseguir. Isso é um perigo...

Por falar em Zé das Neves, ele, além do Cotó, um vira-lata sem rabo, tem um leitãozinho que ele cria há tempo; veio com uma porca pro garimpo, mas a porca mataram pra ter carne e toucinho, daí ele pegou o leitãozinho, que se chama Pirulito, como mascote. O Cotó e ele são os maiores amigos do mundo, comem juntos, dormem juntos, uma graça; parecem irmãos.

Outro dia, um cara novo aportou por aqui, vindo de não sei onde, pediu trabalho pro pai e o pai deu porque precisava de mais gente — o tal do cara, que se chama Antonico, cismou com o Pirulito e achou que podia comer leitão assado por conta e decisão dele. E catou o Pirulito e tava quase passando a faca nele quando o Cotó avançou e agarrou o Antonico pelas calças, foi um frege tamanho que o Zé das Neves escutou e veio correndo.

Minha nossa, nem conto! Quando ele viu o leitãozinho que ele criou com o maior afinco quase na faca do tal Antonico, ele virou uma fera... avançou pro outro, livrou o leitão num safanão, noutro arrancou a faca e, se os companheiros não acodem... nem sei o que ia acontecer lá no garimpo.

— Eu não sabia que o leitão tinha dono! — gritava o Antonico.

— Se não sabia, perguntasse, lazarento de uma figa! — bufava o Zé das Neves, seguro por meia dúzia de peões pelo menos.

— Sossega, homem! — pediu o Arranca-Toco, jogando uma caneca d'água fria na cara do Zé das Neves.

— Perguntasse, perguntasse — repetia o Zé, soltando sagradas faíscas.

O Pirulito sumiu dois dias, reapareceu no terceiro, ressabiado; ele não sai mais de perto do Cotó, o Cotó virou guarda-costas dele.

XXVII

Finalmente saiu a tal pescaria que o índio prometeu pra gente. Sábado à noite, ele convidou:

— Vamos pescar de madrugada?

Não precisou nem repetir o convite que a gente — eu, o Tocha e o pai — já estava pronto e de chapéu. Sem chapéu, hein? Com aquele sol de rio? Só que o rio Capivara estava meio seco, o índio falou:

— A gente pesca assim mesmo.

— À moda de índio ou à moda de branco? — fiz questão de saber.

— Na hora a gente resolve — riu o Índio. Aculturado ou não, ele tinha preservado uma coisa importante, o senso de humor dele. Um dia, até perguntei, a velha curiosidade ardida que mora no meu sangue:

— Índio velho de guerra, se tu é tão infeliz, por que vive rindo?

113

— Adianta viver chorando? — foi a resposta dele, assim, seca.

E não é que ele tinha razão? O que eu aprendi com o Índio, num mês de garimpo, dava pra vida inteira, pô.

Então a gente saiu de madrugadinha, naquele domingão, pra grande pescaria. O Índio preparou um rancho pra gente levar, só pra garantir na falta de peixe, que era fim do inverno e começo do verão e as águas estavam baixando... e também pra não se perder tempo preparando a boia.

Andamos pela mata um bom tempo até chegar na Currutela.

De lá seguimos até a Boca do Rio. Quando chegamos ao rio Capivara o sol já estava forte, o calor de rachar. Ajeitei o chapelão na cabeça, avisei o Tocha:

— Se protege, companheiro, que este sol cozinha os miolos!

— Tu esqueceu uma coisa, mano — disse o Tocha.

— O quê?

— Eu sou do Norte, lembra? Tô acostumado.

Eu tava pegando a mania da mãe.

O rio Capivara estava meio seco, como o Índio previra. Assim mesmo resolvemos tentar a pescaria. Pegamos o batelão na casa do amigo do pai e lá fomos nós.

O casco do batelão batia nos troncos de árvores que tinha no meio do caminho, até que uma hora ele ficou preso num tronco e toca a tentar desencalhar o bicho...

— Tá pior do que eu pensava — disse o Índio. — Vamos sair daqui.

O pai foi ajudar o Índio, perdeu o equilíbrio e caiu no rio. Foi só cair, o Índio pulou atrás — sorte que o rio estava raso — e, com a ajuda de nós dois, conseguiu botar o pai dentro do batelão novamente.

— Aqui não dá mesmo, vamos para o rio Araguari.

No rio Araguari o batelão pegou força e o pai, o Tocha e o Índio remaram ele pra perto de umas pedras, onde eles diziam que podia haver peixe. A gente tinha dispensado o motor de proa, porque o barulho podia espantar os peixes todos.

O Índio tirou um saquinho que ele tinha trazido, esfarelou umas bolachas velhas e jogou tudo n'água. Não demorou muito, tinha um monte de peixe em volta dos farelos se atropelando pra comer...

— Sorte, gente — disse o Índio. — Isto aqui tá cheio de aruanã.

Olhei curioso, vi os peixes branco-prateados com reflexos vermelhos. Só de viés, tinham mais de metro de comprimento, ali, pedindo pra serem pescados.

O Índio fez um gesto de silêncio, preparou o caramuri, uma boia feita de madeira leve de mais ou menos dez centímetros, enrolou a boia na linha do anzol e atirou tudo no meio da peixaria. Um peixe agarrou o anzol, a boia afundou, reaparecendo na superfície, começou a correr. O batelão alcançou a boia e, num minuto, um aruanã enorme se debatia no fundo do barco.

— Minha vez! — gritei, esquecido do silêncio.

O Índio sorriu, preparou novamente o anzol, o caramuri. E, quando a linha esticou no arrocho do peixe e a boia voou leve sobre as águas, me deu um troço por dentro, uma alegria tão grande que quase deixo escapar a linha com anzol e tudo.

O que a gente pescou de aruanã, nem conto, uma loucura, esses peixes de superfície pedindo flecha, fisga, até tiro de espingarda. Só vendo pra acreditar.

Foi quando o pai pediu:

— Pesca de tarrafa, ó Índio!

O Índio acenou com a cabeça, caçou a tarrafa no fundo do barco, uma rede de forma circular. Nela, ele amarrou a poronga, uma cabaça à guisa de boia, bem na extremidade do arrasto.

Pela mão forte do Tocha mais a do pai, o batelão seguiu pelo meio do rio... o Índio jogou a tarrafa, pediu novamente silêncio. Isso era o mais difícil, a animação era demais, de que jeito ficar calado! O Índio ria pra mim, mostrando os dentes sujos de nicotina. Sei lá quanto tempo durou, paciência minha não foi feita pra pescaria. Um desespero, uma ansiedade. O Índio só me olhando, pedindo calma, na calma do olhar dele.

Passou um mundo de tempo, ou todo o tempo do mundo... a canoa de repente vibrou no sacolejo, a tarrafa esperneou no meio do rio — o Índio falou:

— Ajuda, Bolanga, que a rede tá prenhe...

O Tocha largou o remo, o pai manejou sozinho o batelão, enquanto ajudava eu e o Índio a tarrafar — a gente foi puxando aquilo só de leve, no manso, pra não perder a cria, a rede chegando pesada e pejada, o pai não se conteve:

— Virgem Santa, ó Índio, tem de tudo aí dentro!

Tinha mesmo. Tudo de cambalhota num lote só. Eu não conheço peixe, mas os companheiros de barco sim. E foram eles que disseram que ali tinha pirapema, traíra, urupete, uruaru, pacu, canjuba, filhote, dourada, piramutaba, apaiari, mafurá, cará, uená, pescada, camaruí, bandeirante, até piranha de cambulhada, cruz credo.

— Tá louco, seu — falei. — Isso não é pescaria, é dilúvio de peixe...

— Tu ainda não viu nada, garoto — falou o Índio, muito importante. — Pesca pra dar gosto é tucunaré, pirarucu, ou então surubim dos grandes, de mais de três metros...

— E o que estamos esperando? Larga brasa, amigo velho.

— Mostra pra ele como pesca tucunaré — disse o pai, animado.

O Tocha lambeu os lábios:

— Tô torcendo pra achar tucunaré. É o melhor peixe da Amazônia.

— Eu faço pindá uauaca — disse o Índio, e eu não entendi nada.

Então o Índio explicou que o tucunaré é carnívoro e gosta de uns peixinhos coloridos e o pindá uauaca nada mais é que uma porção de penas encarnadas que parecem os tais peixes e que se amarra no anzol e se atira longe, dando linha a toda.

— Anda, que eu quero ver — pedi, entusiasmado.

Num instante estava pronto o pindá uauaca. Rodado no ar, o anzol colorido caiu longe, esticando a linha. O pai falou:

— Força no remo, garotada!

O batelão correu tranquilo sobre as águas, a linha esticou ligeira pela popa. E o anzol colorido picou a superfície, um verdadeiro cardume de peixes saracoteando na brisa.

XXVIII

Esperamos, pra variar...
De repente, o tucunaré chegou e abocanhou tudo, e logo estava no barco, verde-acinzentado, meio metro de comprido, enquanto o Tocha falava:

— Este vai assado na brasa, hein, Índio? Se tivesse um limãozinho...

— Limão no meio da mata? Pensa que está em hotel de cinco estrelas? — riu o pai.

— Garanto que vamos comer melhor que eles — garantiu o Tocha.

— Que pescaria! — suspirei.

Tarrafa, caramuri, pindá uauaca, até de curral a gente pescou — uma espécie de galinheiro de madeira que se deixa dentro do rio, cuja porta é amarrada a um fio chamado trapo. Quando a maré sobe, puxa-se o fio e a porta abre, quando desce, a porta fecha e aquilo fica cheio de peixe.

Colocamos os peixes num latão vazio de óleo e levamos o batelão para outra parte do rio. Daí o Índio resolveu parar um pouco na margem pra gente colher cupuaçu e maniçoba, que dá muito por ali. Depois, toca a comer tucunaré assado na brasa, que delícia! À falta de limão, foi de cupuaçu mesmo.

Até que uma hora o Tocha não aguentou:
— Eu quero pescaria de índio!
— Já teve; a gente não pegou essa peixaria toda quase à mão? — disse o Índio.
— Foi, mas ainda falta alguma coisa...
— Você queria o quê?
— Já disse, compadre, eu quero uma pescaria autêntica de índio, sei lá, com mais emoção.

Aí o Índio olhou pra mim, olhou pro pai, olhou pro Tocha, olhou pro rio na frente dele e, decidido, pegou o facão, cortou um enorme galho de árvore, desbastou, desbastou até o galho ficar parecido com um arpão.

Chamou:
— Vem comigo!

O Tocha saiu correndo e eu fui atrás, e o pai também, a gente até esqueceu o resto. O Índio foi para uma parte do rio cheia de lodo, com água até o peito, foi entrando n'água com arpão e tudo e começou a fuçar lá dentro, como se procurasse agulha num palheiro. Fuçou que fuçou na lama, com o arremedo de arpão, a gente só de butuca, num pasmo sem tamanho.

Então, aconteceu — tão rente, tão coisa de louco que ainda hoje me vejo na beira do rio, onde o Índio gapuiava o lodo com o arpão feito de galho de árvore...

Uma coisa pardo-azeitona, cheia de manchas pretas, uma coisa enorme e sem fim, larga como um tronco de árvore, a cabeça cheia de escamas brilhantes, surgiu da lama como um monstro pré-histórico e se atirou sobre o Índio e se enrolou nele como um cordame, e ele gritou desesperado:

— Atira, patrão, que eu morro!

O pai sacou a arma, nem mirou... o tiro varou a cabeça da sucuriju, ela amansou no arrocho e caiu de supetão dentro do rio... Então, do fundo do rio subiram umas bolhas, subiu um ronco pavoroso como motor de popa de batelão afogado, e, como se fosse um foguete zarpando para o espaço, o bicho subiu, cabeça, corpo, cauda, tudo, um peixão de mais de dois metros, e uns cem quilos pelo menos, numa fúria selvagem... Então, o Índio, já refeito do susto da sucuriju, respirou fundo, seguiu o rastro das bolhas e atirou num impulso só o arpão dele, a ponta aguçada bem na mira, e a água do rio se tingiu de sangue, enquanto o pai gritava, alucinado:

— Aí, ó Índio, mostrou pro bodeco?

— Que bodeco, patrão? — se riu o Índio. — De filhote ele não tem nada, é um pirarucu mais que adulto.

Foi uma luta tirar aquele bruto do lodo do rio. Uma luta que a gente topou com galhardia, não é todo dia que se topa com pirarucu.

O Índio, animado, pegou o facão, tirou postas do comprimento de um braço. Salgou tudo com a maior presteza. E arrancou a língua do bicho, um osso de uns vinte centímetros que era um ralo perfeito pra cozinha, e me mostrou as escamas que os pescadores e carpinteiros usam como lixa.

Aproveitando o embalo, a gente resolveu salgar o resto dos peixes pra garantir, por causa do calor. Salgados, limpos e moqueados, iam durar a semana toda e variar bastante o cardápio da turma no garimpo.

O Tocha estava muito quieto. Perguntei:

— Triste, companheiro? Depois de tudo?

O Tocha me olhou:

— Sabe no que eu estou pensando? Que a gente vai contar e... ninguém vai acreditar.

— Ué, por quê?

— Porque é incrível demais.

— Mas somos três testemunhas, o Índio pescou mesmo o pirarucu a unha...

— Com arpão feito de galho de árvore.

— Daí?

— Ninguém vai acreditar...

— Igual como a gente duvidou das histórias do Zé das Neves e do Arranca-Toco...

— Isso mesmo.

— A gente assume o risco.

— Vão até rir...

— A gente assume, já disse.

— Fácil falar.

— Ué — estranhei. — Você faz tanta força pra ele pescar como índio, agora tá cheio de pruridos... tô te desconhecendo, ó Tocha.

— Acha mesmo que a gente deve contar direitinho como foi?

— Claro, uma coisa dessas, puxa, ficar quieto é até pecado.

Engraçado, eu que pensava que conhecia o Tocha...

XXIX

Essa história do pirarucu tá parecendo história de disco voador. Quando alguém diz que viu um, uma das duas: ou dizem que o cara é louco ou ele, de repente, fica sem memória, esquece que viu. Isso quando não fica calado desde o começo. O Tocha tá com medo de dizerem que ele é um lunático que viu disco voador, quer dizer, pirarucu voador de lodo de rio...

Mas, voltando ao garimpo, comemos peixe a semana inteira... De noite, na roda da sanfona, o Zé das Neves veio de novo com as histórias dele, isso depois que a gente fez o maior sucesso com a história do pirarucu, e olhe que ninguém duvidou!

— Menino — falou ele. — Tu de certo viu tamuatá lá no rio, dentro da tarrafa... e na terra, tu viu?

Eu maneirei na resposta, afinal agora eu tinha contado a história do pirarucu caçado a arpão de madeira, né?

— Em terra, amigo velho?

— Em terra — confirmou o Zé das Neves. — Fala pra ele, Índio!

O Índio não respondeu, mas fez que sim com a cabeça.

— Você acha que ele ia me deixar mentir?

— Claro — murmurei, olhando de viés pro Tocha, que estava meio encolhido no canto dele.

— Pois se tu não viu tamuatá em terra, tu perdeu a coisa mais linda do mundo... — continuou o peão.

— Mas pode? — arrisquei.

— Só pode. Eles têm um mecanismo lá por dentro deles, verdade verdadeira, menino, tá até nos livros, que deixa eles saírem d'água se a água tiver muito rasa ou ruim, e eles andam às vezes até um quilômetro por terra até achar água que preste...

— Jura, mano? — pedi, arisco.

— Ah, por essa eu juro — disse o Zé das Neves. — E vou te contar um caso que aconteceu, eu tinha chegado há pouco da minha terra, o Ceará...

— Lá vamos nós de novo — resmungou o Tocha.

— Tu quer contar de novo o "causo" do pirarucu, mano? — falou o Zé das Neves, fazendo o Tocha se calar de vez.

— Como eu ia dizendo, eu tinha vindo tentar a sorte em Belém, e um dia um amigo me convidou pra gente fazer uma caçada, e lá fomos nós, mais o Cotó.

O Tocha só olhou, não disse nada.

— E não há de ver — continuou, impassível, o Zé das Neves — que de repente o Cotó começa a latir como um desesperado e a gente correu, eu e o amigo, e quando chegamos lá, tava o bando de peixinhos descansando embaixo de uma touceira de bambu, aproveitando a sombra, longe quase um quilômetro da água mais próxima.

— Na sombra — resmungou o Tocha, merecendo um olhar faiscante do Zé das Neves.

— Na sombra — repetiu o peão.

— Pode acreditar, Bolanga — disse o pai, que ouvia tudo calado. — Os tamuatás mudam de água mesmo, por terra. Pena que ainda não vi nenhum bando deles de mudança...

— Obrigado, patrão — sorriram os trinta e dois dentes do Zé das Neves.

Aí o Arranca-Toco resolveu que era hora de entrar na "contação dos causos", que afinal não podia ficar abaixo do colega. E falou, de olho no Tocha:

— E as mães-da-taoca, o patrão já viu?

— Também não, só de ouvir falar.

— Pois olhe, patrão — falou o pernambucano, fazendo suspense, engrossando a voz. — Aquilo sim é que é coisa de assombrar uma pessoa. As mães-da-taoca voando raso, seguindo as taocas ou correição...

— Troca em miúdos, Arranca-Toco — pedi. — Que nomes mais gozados.

Então ele desfiou, todo importante:

— Olhe, garoto, mãe-da-taoca é um pássaro que segue as taocas, as formigonas que a gente também chama de correição e que formam uma coluna de mais de dez metros de largura e às vezes trezentos de comprido. As formigas vão devorando tudo por onde passam: larva, lagarta, grilo, lesma, barata, a bicharia miúda toda. É uma limpeza geral. E a passarada que vai junto come o resto e umas formigas de quebra, quando não acontece o contrário. Aquilo é como se fosse um furacão, se tiver por perto sobe na primeira árvore e deixa tudo...

— Cruz credo! — até me benzi (como faria a Bá lá em Curitiba). — Aqui também tem disso?

— Aqui, aqui, nunca vi, mas tem — garantiu o Arranca-Toco. — Dizem até que, quando a formigada invade casa de seringueiro na mata, a mulherada arranca a roupa e a onda viva passa pelo corpo sem fazer mal algum, desde que a pessoa não mova um cabelo. Por isso eles chamam elas de arranca-saia.

— Eta imaginação! — disse o Tocha, querendo ressabiar o medo dele, mas olhando à volta.

— Imaginação nenhuma — falou o pai. — Formiga correição existe mesmo, ou taoca ou arranca-saia, tanto faz o nome. Por aqui ainda não vi, o que não quer dizer que não haja. Ela é a faxineira da floresta. Deve estar cheio por aí...

— Ainda bem que a gente dorme em rede — gemi.

— Xi — o Arranca-Toco fez um muxoxo de desdém.

— E tu pensa, menino, que rede resolve? A taoca sobe pelas paredes, pelos esteios das casas, chega até na cumeeira, ela não conhece obstáculo, não. Os machos até voam...

— Acho melhor a gente voltar pra história do tamuatá — gritou o Tocha, e a turma caiu na risada. Não "haverá de ver", como disse o Zé das Neves, "que o grandalhão aí também faz nas calças"?

A gente nem percebeu que o Índio tinha se aproximado...

— Tão vendo essas histórias todas? — disse ele. — E tudo história da floresta da Amazônia. E querem acabar com tudo isso, com a floresta, com os bichos de terra e água, e vão conseguir...

— Que nada, amigo — falei, no entusiasmo louco de garoto. — A gente vai lutar pra salvar a Amazônia, a gente não vai deixar...

— Você ainda é um menino — disse o Índio. — Até poder fazer alguma coisa, é capaz de já terem acabado com a floresta inteira...

— Olha que é trabalho, hein, companheiro? — falou o Biló. — Acabar com a Amazônia inteira não é mole, não! São milhões de quilômetros quadrados...

— Olha a sabedoria do bicho — brincou o Zé das Neves.

— Eu li num jornal — continuou o Biló. — Se contar direitinho tudo que faz parte da Amazônia, dá mais da metade do território brasileiro, uma coisa...

— Do jeito que vai indo... — suspirou o Índio. — Com tanta estrada, com tanto pasto, com tanta máquina, tanta queimada. Demora mas, vai indo, acaba... Aqui não é a mesma coisa? Um garimpo aqui, outro ali, é seringueiro, é peão, é posseiro...

— A gente defende a vida, companheiro — disse o Antonico (que o Zé das Neves ainda olhava de esguelha). — A gente também é brasileiro, tem de lutar pela vida...

— Eu sei — disse o Índio. — Mas podia lutar pela vida sem estragar a floresta, sem matar os índios, os bichos todos...

— Isso é uma pena mesmo — concordou o Zé das Neves. — Eu gosto muito de bicho, por mim ninguém estragava floresta nenhuma.

— E você, pai, o que você acha de tudo isso? — provoquei.

— Acho que vocês têm razão num ponto, mas os outros, os caras que vêm em busca de uma oportunidade de trabalho também têm as razões deles. O bom mesmo era dividir, um pouco pra cada um, tem que chega.

— Mas é isso mesmo que a gente quer — apressou-se a dizer o Índio. — A gente quer ficar quieto no canto da gente, na floresta da gente, na aldeia da gente. O diabo é que justo a floresta e a aldeia é o que eles querem, azar o nosso, a riqueza tá toda lá, na aldeia e na floresta.

— Mas os índios vieram antes — falei. — Eles são os verdadeiros donos, não são? Eles já estavam aqui antes do Cabral chegar por acaso ou não...

— Claro que a gente estava — disse o Índio. — Todo mundo sabe disso. Mas na hora de expulsar o índio da terra dele, todo mundo perde a memória. Fica mais fácil perder a memória, né? Fica muito mais fácil fazer de conta que foi o índio que chegou depois, que o índio é que tá tirando terra dos outros... Sabe, amigo, que a gente agora até precisa provar que é índio mesmo?

XXX

Aconteceu tanta coisa no garimpo que nem dá pra lembrar direito, tanta coisa, meu Deus, um filme colorido onde eu fui o Tarzan, o mocinho, o herói e até mesmo o bandido. Eu conto.

Estava um dia bateando na marra, as mãos cheias de calos, e nem um desgraçado grama de ouro na segunda lavada, que os peões trabalhavam a sério mesmo, quando lá no começo da picada eu vejo um cara, meio sem jeito, jeito de medo, ou medo no jeito.

Só pelas dúvidas, berrei:

— Pai, ó pai, tem visita!

O pai, que fazia a barba ali perto, até riu:

— Visita em garimpo? Pensa que está onde?

Então apontei o cara desajeitado e o pai falou:

— Nossa, o Orelhão voltou...

— Se achegue, homem — disse o pai, e o Orelhão

veio de manso, num fino medo, que a gente sentia o medo dele saindo pelos poros, como suor.

— Sumiu, que aconteceu? — animou o pai.

— Medo, seu Gabriel — disse o homem, nem precisava, tava na cara, na roupa, em tudo.

— Medo de quê?

— De quem, né, patrão? — corrigiu o outro.

— Te ameaçaram?

Orelhão olhou para os lados, confessou:

— Eu dei ordem errada, esqueci do outro avião na cabeceira da pista; então me mandaram recado, que eu sumisse ou era homem morto na barranca do rio...

— Quem te ameaçou, o Nélio?

— Sei não, pode ser... só ele tinha interesse. Recebi o recado por um seringueiro que mora nas redondezas... Que eu sumisse ou virava comida de piranha...

— E por que voltou? — entrei na conversa.

— Nem sei — disse o homem. — Nem sei. Me deu uma coisa por dentro, uma revolta, ter de sumir como boi fugido, como boi ladrão... eu errei na ordem, mas que diabo, todo mundo erra uma vez na vida... resolvi voltar...

— Te acalma que aqui tá seguro — disse o pai e mandou chamar o Arranca-Toco. O cabra veio na hora, curioso.

Olhou pro Orelhão, sapecou um abraço tão forte que quase desmonta o outro, franzino que era. E ainda elogiou:

— Deixa abraçar um homem!

— Meio morto de medo — emendou o Orelhão. — Tô só meio vivo, se eles me pegam, vai ter festa de piranha.

— Nem tem piranha por aqui — disse o Arranca-Toco. — A gente vive dentro desse rio. Depois eu tomo conta, quero ver alguém mexer contigo, mano.

— É isso mesmo que eu quero — disse o pai. —

Ele agora é tua responsabilidade. Até a gente voltar pra cidade, pôr tudo em pratos limpos, na justiça, o homem é teu.

— Se eu voltar vivo — suspirou o Orelhão.

— Ou voltamos os dois ou não volta nenhum — garantiu o pernambucano, acariciando de leve a peixeira, pendurada na cinta.

Sei lá quem espalhou a notícia da volta do Orelhão... dedo-duro tem até em garimpo, é como praga de jardim.

Só sei que no dia seguinte, de tardezinha, o Nélio apareceu no garimpo, muito sorridente, querendo paz:

— Como é, Gabriel, a gente sempre foi amigo, não é agora que vai virar inimigo...

— Vamos dividir o prejuízo — afirmou o pai, sério.
— Você conserta o teu avião, eu conserto o meu. Fim de papo.

O Nélio torceu um olhar de ódio para o Orelhão, que se encolheu todinho, só que o Arranca-Toco, muito desinibido, avançou:

— Se tá com ideia na cabeça, moço, melhor tirar ela depressa. Pegar o Orelhão, só por cima do meu cadáver, e olhe que não é fácil. Quem tentou já foi rezar com os anjos...

O Nélio mediu o Arranca-Toco dos pés à cabeça, olhar demorado... Viu a cara de poucos amigos, a boca cerrada no sorriso duro. Desceu o olhar pra mão que segurava a peixeira derrubada de manso na cinta, os pés plantados na terra como troncos de árvores. Riu sem graça:

— Que é isso, peão? Aqui sou amigo, mereço mais estima...

— Merece, patrão? — perguntou irônico o Arranca-Toco.

— Até prova em contrário — disse o pai. — Se vier de paz, leva paz. Se vier de briga, não garanto...

E lá detrás do rancho já vinham os outros, o Zé das Neves, o Índio, o Biló, o Joel, o Gringo, o Martelo, o

Valdeci, o Antonico, o João, a turma toda, unida num só peito e numa só decisão.

Olhei pro Tocha, o Tocha olhou pra mim. O Orelhão, coitado, tremia como vara verde. O Nélio, nem trouxa nem nada, tinha trazido meia dúzia de cabras, esperando por ele só na moita.

Se alguém soltasse a faísca, ia ser mortandade na certa.

Então me deu um estalo, uma ideia, uma fagulha de coragem, sei lá o que foi aquilo, berrei num átimo:

— Corre, gente, que é onça pintada!

E soltei três tiros pro ar, de rabanada, como eu vira fazer aqueles bandidos de faroestes italianos. Só de farra.

Os cabras do Nélio se viraram todos, virou o Nélio, virou toda a peãozada pra olhar a mata. Eu continuei gritando:

— Se escondeu atrás do rancho, já, já ataca, se cuida, moçada!

Aí o Tocha percebeu tudo, entrou no drama. Caprichou tanto o danado que até o cabelo dele ficou arrepiado:

— Minha Nossa Senhora das Mercês, me acuda que são duas ! Veio o macho e a fêmea pra fazer a festa junto...

O pai, o terceiro a entender a coisa, falou, decidido:

— Esquece a desavença, pessoal, carece união senão a gente se ferra...

Foi só falar. Virou tudo amigo na hora. Na hora do perigo, quem ia lembrar do Orelhão, que, mais branco que o Tocha, tava desbotado. De tanto medo junto, coitado, das onças, do Nélio, de tudo.

Saiu todo mundo pra pegar as danadas, dando batida na mata de lampião e candeeiro, de lanterna. O Índio foi na frente, de batedor, pra seguir a trilha, não sem antes piscar pra mim, na saída do garimpo. Índio sabido tava ali.

Voltaram cansados, noite cerrada. O Índio cansou eles até o último. O pai então convidou:

— Se achegue, gente, que temos peixe à vontade, peixada em garimpo não se despreza...

E lá foi o Índio, rindo sozinho, preparar a peixada. Que veio quente e caiu redonda, acompanhada de pirão de macaxeira.

O Nélio então falou:

— Desculpe o mau jeito, Gabriel, isso aqui é terra ingrata, a gente às vezes fica fora do sério.

— Que é isso, esqueça. Só tem uma coisa: a gente divide o prejuízo.

O Nélio nem piscou:

— Divide!

XXXI

Quinze dias de garimpo e nada de ouro na minha bateia. Só calos nas mãos, pele queimada de sol, banhos gelados no rio, a comida gostosa do Índio, as noites quentes regadas a viola, gaita e sanfona, os "casos", as emoções... só?

Até que um dia, estava eu na lavagem do cascalho, sentindo o cheiro bom do rancho — um jabá caprichado cozido no feijão —, quando explodiu uma gritaria lá pelos lados do buracão, onde a draga comia terra como fera faminta. E o alarido cresceu e de repente a peãozada tava toda no terreiro, o pai à frente, escancarado de alegria:

— Larga essa bateia, filho, que acertamos no veio!

— Do ouro, pai? — falei bestamente.

— Que tu queria, Bolanga? — gargalhou o pai. — Que fosse de carvão?

Aí a gente se abraçou contente, a gente festejou junto. E todos festejavam porque o pai trabalhava na base de "achou, tem porcentagem", então a alegria de um era alegria de todos.

Que loucura. A draga soltou faíscas lá embaixo, o Arranca-Toco brilhando, de tanto suor que escorria pela pele dele, e o Zé das Neves sorrindo feliz, fazendo planos. Tantos planos. Cada um com seu plano, ganhar um dinheirinho, voltar pra família, se arranjar na vida. Tanto tempo longe da família.

Só que alegria muita dá vontade de chorar, sei lá, acho que eu sou diferente até nisso, fico triste, caio na risada, até causo problema em velório, em missa de sétimo dia — fico feliz, caio no choro. Então, de repente, me deu uma vontade louca de chorar e abri o berreiro. O Tocha só consolando:

— Quer lavar a mina, companheiro?
— Que nada, já passa; é só alegria.

E o Joel nem acreditava:

— Chorando de alegria, pô? Já vi chorar de tudo na vida, mas de alegria é a primeira vez. Quanto mais se vive, mais se aprende.

Só um não vibrou, nem cantou, nem pulou de alegria com o novo veio de ouro que escorria, suave e perfeito, mina adentro. Só um. Achei ele sentado e de cabeça baixa, fumando um toco fedido de cigarro de palha. O Gringo, um dos melhores peões, justo ele que dava um duro danado naquela mina, que lutava no buracão, caçando o minério na raça...

A curiosidade foi maior que a prudência. Ardido de curiosidade, como sempre, quis saber:

— Como é, Gringo, tu não festeja com a gente, não?

Então o Gringo ergueu uma cara triste demais, os olhos claros boiando fundo lá dentro das órbitas, a lágrima escondida que não cai, teima em não cair, fica rolando no fundo dos olhos, uma tristeza sem tamanho...

— Aconteceu alguma coisa? — insisti.
— Aconteceu muita coisa — disse o Gringo. — Minha

mulher me largou com duas meninas, uma de nove e outra de três. Se mandou pra Belém e largou as duas sozinhas lá em Macapá... eu aqui sem poder fazer nada.

— Ué, como você soube disso?

— Tinha recado pra mim lá na Currutela. Nem sei como chegou. Pra eu cuidar das meninas que ela ia embora...

— E agora?

— Eu que sei? Sou homem de garimpo, hoje, aqui, amanhã quem sabe? Se ainda fossem dois meninos, eu dava um tempo, arriscava até a trazer o mais velho... mas duas meninas, o que eu faço?

Que coisa estranha. O Gringo, um duro, um forte, capaz de trabalhar ao sol dez horas seguidas, manobrar aquela draga que mais parecia dragão soltando chispas, contendo a ânsia, o cansaço, a febre de um peão perdido na mata virgem — aquele homenzarrão ali, jogado no chão, as lágrimas boiando no fundo dos olhos e perguntando a mim, menino de cidade grande, tão frágil, tão inexperiente, perguntando naquele desespero vivo:

— O que é que eu faço?

— Eu dou um jeito, companheiro — falei.

— Que jeito, menino?

— Qualquer jeito — garanti. — Espera aí que eu falo com o pai. Dá só um tempo dele acalmar a alegria, eu falo com ele. Tudo tem jeito na vida, menos a morte (me ajuda, Bá, tão longe em Curitiba!).

— Sabe qual é meu desespero, menino? — disse o Gringo. — É saber que as minhas filhas tão nas mãos dos outros, a gente não tem parente nenhum por aqui, tá todo mundo lá na Bahia, só tem os vizinhos, todo mundo cheio de filhos pra cuidar, e as meninas sozinhas em Macapá, como bichos sem dono...

Esperei a alegria do pai tomar assento, como poeira de estrada onde passou caminhão de carga; esperei a alegria moderar como gola de espuma de cerveja gelada na beira do copo; e quando o pai finalmente acalmou e sentou um pouco, um brilho de brasa no fundo dos olhos, as mãos ainda trêmulas acendendo o cigarro, eu falei:

— Preciso de ajuda, pai...

— Quê? — O olhar de brasa do pai ardia perdido no horizonte da serra...

— Preciso de ajuda pro Gringo, pai...

— O Gringo? — o pai virou a cabeça, me olhou:

— Ajuda pra quê? Vai ganhar um bom dinheiro, fez um ótimo trabalho, precisa de ajuda não.

— Precisa sim — insisti. — A mulher largou ele com duas filhas pequenas lá em Macapá. Elas tão sozinhas, ele não tem parentes, e o coitado tá se roendo de tanto desespero. Precisamos ajudar ele, pai.

O pai coçou a cabeça, pensou:

— Acha que podemos fazer alguma coisa?

— Só acho.

— O quê, filho?

— Sei lá; achar uma casa pras meninas ficarem... pro garimpo é que não podem vir.

— Que casa?

— Uma casa boa, de gente boa que trate bem as meninas.

— Você conhece alguma casa assim?

— Eu não, pai; acabei de chegar na cidade. Por isso tô pedindo sua ajuda, você deve conhecer...

— Tá todo mundo cheio de filhos por lá...

— Mas tem muita gente rica que pode criar mais dois filhos e, depois, onde comem cinco, comem sete...

— Nem sempre, meu filho.

— Precisa só boa vontade.

— Boa vontade não enche barriga, não dá carinho pra ninguém, essas meninas precisam antes de tudo de muito carinho, filho.

— Só se...

— Só se o quê, filho?

— Olha, a gente tá bem na vida, tem uma boa casa, eu sou filho único. Que tal você e a mãe cuidarem das meninas? Ia ser bom pra todo mundo, não ia?

Não sei se foi a alegria da hora, a brasa ardente no fundo do olho, o calor do dia, sei lá o que foi. O pai me olhou bem de frente e disse:

— Até que é uma boa ideia!

XXXII

Como eu te amei nessa hora, pai!
Quando eu te vi levantar de um pulo e ir até o canto onde se encolhia o Gringo, no mudo desespero dele. E vi você falar pouca coisa — você é sempre de falar pouco — mas coisa muita, e o Gringo se erguer outro homem, e te apertar a mão e te dar um abraço, e tirar de cima dele o peso do mundo...

E lá veio ele pro meu lado, falando:

— Foi coisa tua, garoto?

Eu sorri, realizado da vida:

— Claro, amigo é pra essas horas. Você trabalha sossegado e a gente toma conta das garotas. Eu sempre quis ter uma irmã, filho único é sem graça pra burro. Elas estando seguras, você fica tranquilo, né?

— Seu Gabriel falou em adoção, preciso pensar...

— Pensa bem, Gringo. Só você pode resolver. As filhas são tuas, né? Acho uma boa essa de adoção, mas de qualquer jeito elas já têm um lar e um irmão aqui pro que der e vier...

— E a tua mãe?

— Que tem ela?

— Será que vai gostar?

— Você não conhece a mãe, Gringo. Ela tem um coração desse tamanho. Vai ser a maior alegria da vida dela, ainda mais que daqui a pouco eu me mando pro Sul, pra fazer faculdade. Vai ser uma companhia e tanto pra ela.

— Ah, que peso tirei da cabeça...

— Sossega, homem, que tem muito trabalho pela frente... Já viu o veio?

— Ainda não.

— Então vamos lá; tá na hora de tu descer lá embaixo...

Descemos o buracão, sumimos terra adentro. O veio tava lá, como recém-nascido, brilhante e sedoso. Quando dei por mim, o Índio estava ao meu lado. Olhou, olhou aquele ouro todo numa trilha subterrânea, um caminho de ouro, falou:

— Tá vendo? Isso aí é o preço da minha liberdade, da liberdade do meu povo; por isso se mata e se morre. Será que vale a pena?

O Gringo balançou a cabeça — mais que ninguém ele sabia o preço... eu fiquei sem resposta. Ali, no fundo da mina, com aquele ouro serpenteando pela rocha como rio, destino, maldição — quem sabe? Eu me tornei teu irmão de sangue, Índio velho de guerra, na solidão e na tristeza de uma nação perdida, da qual sobraram tão poucos...

Eta dia cheio! Achamos o veio de ouro, adotamos duas meninas — estava amanhecendo, todo mundo ainda deitado nas redes, cada qual embalado no próprio sonho do dia anterior, quando a serra toda como que explodiu com um barulho áspero, duro, enquanto uma coluna de fumaça subia, muito além, violentando a paisagem.

Pulou todo mundo das redes, o pai falou:

— Muito me engano ou foi um avião que explodiu na mata!

— O que a gente faz, patrão? — disse o Miltão, olhar assustado.

— Espera amanhecer, dá uma busca, quem sabe tem sobrevivente...

— Coitados — disse o Arranca-Toco. — Aterrissar nessas pistas de garimpo no meio da mata é quase uma loucura...

— Até o Gavião, que é piloto experiente, se ferrou — continuou o Miltão.

— Organiza o pessoal, Miltão — comandou o pai. — Alguém sabe lidar com o rádio?

— Eu! — disse o Orelhão, que por sorte ainda estava por ali e se ofereceu de voluntário pra ir junto e dar notícias pra turma do salvamento, que assim ele se redimia da besteira da outra vez, né, eu acho...

Nem bem o Índio passou um café, saíram o Orelhão, mais o Miltão, que conhecia a mata como a palma da mão dele; e meia dúzia de peões. Ia atrasar o veio de ouro, que remédio, a única coisa que mantinha viva aquela gente era a solidariedade na hora do perigo.

— Será que se salvou alguém, pai?

— Duvido — disse o Tocha. — É a coisa mais difícil aterrissar nessas pistas... tem avião que cai sobre as castanheiras, a trinta metros do solo, e o piloto se rala todo pra descer, quando fica vivo, lógico. O que tem de piloto dando uma de Tarzan, nem conto... são uns heróis...

— Ou coitados — disse o pai. — É uma profissão dura por aqui.

Nem bem falou, um aviãozinho passou baixo e uma coisa rolou dele, vermelha pra chamar a atenção...

— Lá vem notícia! — gritou o pai, e corremos todos pra agarrar a coisa, que tinha enganchado num galho de árvore.

O Tocha deu uma de macaco. Subiu na árvore e num

instante trazia a coisa, uma lata de leite em pó embrulhada num pano vermelho e, como lastro, uma pedra.

O pai abriu a lata, lá dentro tinha um bilhete:

— Tudo certo! — sorriu o pai. — Consegui mecânico pra consertar os aviões. Qualquer hora ele aporta por aí.

— Bem na hora, hein, pai? A gente achou o veio de ouro... isso é que é coincidência...

— Que coincidência o quê, filho! Faz quase um ano que estou atrás desse veio, menino...

Dias depois, o Orelhão, o Miltão e a turma de peões voltaram... depois de encontrarem o avião caído, carbonizado no meio da mata.

Sem sobreviventes.

O Orelhão se comunicou pelo rádio com o pessoal de salvamento, que foi até lá buscar os corpos calcinados do piloto e do passageiro. O piloto ainda não tinha vinte anos, tinha sido a primeira viagem dele, era até conhecido do pai lá em Macapá, a gente ficou sabendo depois...

Todos de volta, o trabalho reacendeu duro na mina. O pai satisfeito, porque vai dar pra consertar o avião e ainda tirar lucro, fora a porcentagem da turma.

Ontem comi uma coisa boa no jantar, pensei que fosse carne de... sei lá o quê, a fome era muita e a coisa cheirava bem. Depois que eu tinha comido, o Zé das Neves se chegou maneiro:

— Como é, menino, digerindo seu macaco?

— Que macaco, homem?

— O que você jantou, agorinha...

— Qual, você tá brincando comigo?

— Pergunta pro Arranca-Toco, o caçador do macaco foi ele...

Quase que eu dejanto na hora...

Depois que perdi o preconceito, já jantei jacaré, tatu (que parece carne de frango, uma delícia!), repeti macaco.

A turma aqui cria porcos e galinhas, mas também caça, pra variar o cardápio, afora o amado jabá com feijão e farinha. O tatu, o macaco, o jacaré entram de iguaria... Se me dissessem há meses que eu estaria comendo essas coisas e... gostando, eu daria boas risadas. A vida dá cada volta, seu...

Outro dia, o Tocha me apareceu com uma tal minhoca gigante que eu jurei fosse cobra, mas ele também jurou de pé junto que era minhoca. Tem o tamanho e o jeitão de cobra, mas é minhoca. Minhoca de Itu? E tem umas formiguinhas que caem de cima das árvores, as desgraçadas, que queimam como brasa na pele da gente.

Já não me admiro de mais nada... aqui é tudo diferente. Já viu formiga caindo de árvore como fruta madura?

Estou tão acostumado com esse mundo incrível, que outro dia dei com uma baita cascavel no chão do rancho onde a gente dorme e nem titubeei, saquei a arma (consegui), atirei firme. A danada até estalou pra morrer. E tinha escamas como peixe... também não ando sem botas nem morto, eu, hein?

Aqui sou amigo de todo mundo. Não tem diferença, peão, patrão, filho de patrão, amigo de filho de patrão... a gente dorme junto, come junto, sofre junto, enfrenta o que der junto. Trabalha unido. Até achei — achei! — uns graminhas de ouro na minha abençoada bateia, pra pegar o gosto, que de calo eu tô mestre.

Ontem, faltando pouco pra terminar as férias, o pai lembrou:

— Como é, Bolanga, com o ouro que você bamburrou mais o lucro do veio (ele falou assim só pra me dar prestígio, tem nem comparação, né?), você ainda pode passar uns dias em São Paulo, tá bom, filho?

Olhei o pai, o Índio cozinhando a boia bem na minha frente, lá adiante a turma trabalhando no sol, a draga resfolegando como dragão no fundo da mina, dei uma resposta que até o pai espantou:

— Precisa não, pai (a Yuri que me perdoe!), prefiro ficar aqui...

XXXIII

Macapá. Fim das férias.
Chego tão moreno, tão disposto, que a mãe nem acredita. Me abraça como se eu estivesse voltando da guerra. A Mundica me cumprimenta:

— Tá com cara de homem...

— Ué, Mundica, antes eu tinha cara de quê?

— De menino, meu filho; agora tá com cara de homem; você cresceu no garimpo...

Será que, além de emérita parteira, a Mundica ainda é psicóloga? Não duvido nada. Na sabedoria dos simples, às vezes, vai a sabedoria do mundo.

Corro a casa toda, saudades... o Trampo e o Trambique vêm me lamber no maior entusiasmo, uma dupla entusiasmada e saudosa.

Na minha ausência, o dono da pacarana levou ela embora; foi melhor assim, se eu visse ia sofrer muito. Sinhá-Moça, onde está você? Será que ainda lembra de

mim? Solitário e fungador, lá está o filhote, que ficou, ele precisa de um nome... deixa ver, ele tem cara de...
— Benvindo.
— Benvindo? — ri a mãe. — Isso é nome de pacarana?
— Ele é bem-vindo, então o nome dele é Benvindo e pronto.
Mundica I ri, ela me entende.
Abraço a Raimunda, revejo a Andréa, pra variar, de patins... e até o Xereta, o velho galo guerreiro, de esporão e garganta afiados, eu me confraternizo com ele, de volta ao lar, bandeirante cansado.
Só então... passada a emoção da chegada, das notícias, das novidades do garimpo (que eu despejei pra mãe e pra Mundica de um jato só, elas se divertindo à beça, arregalando os olhos, abrindo as bocas...), só então a mãe falou, meio sem graça:
— Tem carta da Yuri!
Pulo do sofá.
— Puxa, mãe, só agora que a senhora conta? Cadê, mãe...
— Calma, filho, está dentro da gaveta do seu criado-mudo.
Corro pegar a carta lá no quarto, abro a jato:

São Paulo, 20 de julho de 1981.

Querido Gerson   (Gerson?)

Estou lhe escrevendo porque cheguei hoje a uma conclusão sobre nós dois, e porque a gente havia combinado que tudo que a gente decidisse diria ao outro, por uma questão de lealdade, que eu acho muito importante, né?
Gerson... eu amei muito você...   (amou?)
Eu amei você demais.

Quando você partiu para o Amapá, eu quase morri. Eu chorava o dia inteiro e os meus pais até ficaram preocupados comigo, e me puseram em aula de balé, de pintura, me presentearam, me acarinharam como se eu fosse um bebê, tudo pra me consolar.
Faz quatro meses que você foi embora de São Paulo. (já?)
Eu não aguento mais viver desse jeito...
Eu tenho só quinze anos, você tem dezesseis, a gente tem a vida pela frente, a gente não pode viver desse jeito... (por que não?)
Então, como eu disse, eu cheguei a uma conclusão... é melhor a gente acabar tudo de uma vez porque eu acho que foi bom enquanto durou, e mesmo se durou um pouco só foi muito bom e isso é importante... (onde foi que eu ouvi isso de forma diferente?)
Eu quero ser sua amiga, amiga por enquanto, não quero mais ser a sua namorada. A gente pode ser muito amigo, não acha?   (uma ova!)
Quando você voltar, se você voltar, a gente conversa, se entende, quem sabe... vamos dar tempo ao tempo, como eu disse, a gente é muito novo e tem a vida pela frente, e tenho certeza que aí mesmo não devem faltar garotas lindas que estão loucas pra namorar você... (tem sim... a Andréa é uma, se você quer saber...)
Espero que você me compreenda. Escrevi também para a sua mãe porque eu gosto muito dela. Amigos? Um grande abraço da
Yuri

Fico sentado lá na cama, uma sensação esquisita, parece que estou oco por dentro... a Yuri me dando um tremendo fora, me botando pra escanteio daquele jeito, muito delicada, muito maneira, mas um fora de qualquer jeito é sempre um fora...
Foi bom enquanto durou... foi bom?

Meu Deus do céu, a gente tinha um amor como o amor de Romeu e Julieta, como o de Abelardo e Heloísa, um amor que podia até ficar na História como um louco amor, apaixonado amor, terno amor...

Enquanto durou? Mas em mim ele ainda queima quente, ele ainda me sai pelos poros, me aponta na ponta da língua, e até dormindo, lá no garimpo, o pai dizia que eu chamava: "Yuri!"

Que é que eu faço?

Gringo, velho de guerra, que é que eu faço?

Corro pro trapiche do porto, choro em cima das águas do velho rio? Me escondo sob a pilastra junto ao cão sarnento, puto da vida? Cansado da vida, cheio da vida, desesperado da vida?

Que é que eu faço, Gringo?

Chuto tampinhas pelas ruas, como eu fazia quando eu era menino e ia pra diretoria... e saía fulo de raiva, chutando tampinhas pela rua afora... mas a Mundica tem razão, ela leu nos meus olhos, ela compreendeu a expressão nova do meu rosto, a Mundica sabe, eu não sou mais um menino, meu Deus, que pena não ser mais um menino, dono do mundo, acreditar num amor eterno, de livro, que diz assim: "foram felizes pra sempre..."

Ué, Gerson Luiz, tu não achava tão bonita a poesia do Vinícius: "infinito enquanto dure..."? Então, foi assim, velho, foi imortal, genial, fundamental enquanto durou, só que durou tão pouco, vacilou nos quatro meses de ausência (eu não, eu não!), tremeu como chama de vela prestes a se acabar e... acabou, "posto que é chama", como diria o poetinha que a gente tanto ama, o poetinha que ficou no coração da gente como amigo velho, gente da família, que sabia dizer o que a gente só pensava ou sentia...

Cresce de uma vez, Gerson Luiz, assume a tua trajetória, tu levou um fora da garota que você ama e se ferrou.

XXXIV

Ano e meio depois... quem diria!
Chego no aeroporto, já encontro todo mundo à minha espera pra despedida... a Raimunda, de filho novo, a Ana, o Camarão, a Andréa, o Tico do Amapá, o Tochinha, o Biló, o João, o Zé Grande, a Mundica II já andando e a mãe dela, minha comadre, e, principalmente, o velho Tocha. Esse tá de nariz vermelho, deve ter chorado e ainda sobrou muita lágrima pra chorar.

Chego com o pai, a mãe e a Mundica, que fez questão de ir logo cedo lá em casa... e abraço todos um por um, todos num.

Lá no canto, meio sem jeito, desponta o Índio, aqui ele é José, ele fez questão de vir e o pai trouxe ele do garimpo.

Vou até ele, a gente se abraça apertado, eu digo:

— Me espera, Índio velho de guerra, que eu volto!

Nos meus ouvidos parece que cresce a "Canção da América", do Milton Nascimento e do Fernando Brandt, aquelas palavras soando tão minhas: "Amigo é coisa pra se guardar, debaixo de sete chaves dentro do coração... amigo é coisa pra se guardar, do lado esquerdo do peito... qualquer dia, amigo, eu volto pra te encontrar, qualquer dia, amigo, a gente vai se encontrar..."

Qualquer dia, amigo velho, qualquer dia... vão ser sete anos, o terceiro colegial e mais seis de faculdade de medicina, se eu entrar de cara na faculdade (ah, eu entro!). Esqueci, tem mais dois de residência, vão ser nove anos, amigo velho, pra eu voltar correndo pro Norte — quem diria, hein, Bolangão? Como a vida dá voltas (como diria a Bá, lá em Curitiba), aguenta aí, Bá, eu te quero na minha formatura, como quero você, José, sentado lá na plateia, e quem sabe eu, orador da turma, faça um discurso meio errado, meio louco, meio sem sentido e fale do meu irmão índio que se chama José, Mário, Marcos, Mateus, Maria, Ester, Rute, que eram quatro milhões na época dos descobrimentos e agora são 227.801 indivíduos — ou ainda menos? —, espalhados por aí, abandonados, famintos, aculturados, prostituídos, os Josés e Marias da vida, perdidos nas cidades, estropiados nas estradas, mortos nas nascentes envenenadas... então o público primeiro vai ouvir espantado, depois, quem sabe, vai se conscientizar um pouco, quem sabe decida defender teus igarapés, tuas florestas, tuas roças, tuas colmeias, tuas cavernas sagradas com os espíritos dos teus mortos, o teu território onde possas correr novamente, livre e com dignidade.

E, se não for um discurso, amigo velho, serão mil discursos por aí — onde der e puder — em tua defesa e na de tua gente. Sem essa de índio ser peça de museu, sem essa de índio ser diversão pra cara pálida, dançando de calção nos palcos da vida.

Amigo José, amigo Nhambiquara (este é teu verdadeiro nome!), eu comprei tua luta pra valer, eu sou teu irmão de sangue, viu?

E vocês todos, amigos do Norte, esperem por mim... espere por mim, Tocha, pra gente andar de égua garrana e ficar "de podre" no dia seguinte. Pra fechar briga em boteco tipo faroeste mexicano, o dono aparecendo atrás do balcão e agradecendo:

— Ainda bem que estavas aqui, ó Bolanga!

Me espera, Ana e mãe de Ana, com caruru divino, doce de cupuaçu e vinho de bacuri. Me espera, Tochinha — continua estudando mano velho —, me espera, Camarão, eta goleiro endiabrado, me espera, Tico do Amapá, em toda a parte tem um Tico amigo, me espera, Biló, João, Arranca-Toco e Zé das Neves de histórias incríveis — gargalhadas de cuxiús em tardes quentes de banho gelado de rio.

Me espera, Zé Grande, gigante de alma de pão de ló, que brinca com as crianças na calçada. Me espera, Mundica, caprichando os partos da vida; me espera, Raimunda de filho novo e sem dor torta; me espera, Mundica II, crescendo forte e saudável, diferente das crianças do Curiau, famintas, correndo em meio aos porcos. Me espera, Sinhá-Moça, onde quer que esteja, roendo desodorante! Me espera, Benvindo, fuçando os ruídos da noite, me espera, ó Xereta, dormindo no galho da árvore e enchendo a paciência, cantando no meio da noite...

— Tocha, ó Tocha, continua insistindo no time de *rugby*, quem sabe aparece mais macho que compre a briga! Me esperem, Cândida e Patrícia, minhas duas irmãs, filhas do Gringo, agora filhas de Mercedes e Gabriel, que ficaram dormindo aos cuidados da vizinha do pequinês... esperem por mim, queridas, que encheram minha vida de tanta alegria, da satisfação de ouvir na vozinha miúda da menor, no primeiro dia, quando chegou:

— Eu sou a tua irmã, agora — você quer?

Espera por mim, mãe... eu continuo teu amigo,

eu sempre fui teu amigo, mesmo quando te chamava de dona Mercedes e não falava contigo, mesmo quando te negava um beijo, ah, eu sempre te amei, mãe, e te agradeço a coragem, a garra, a força, esse teu louco amor que te levou tão longe, quase ao extremo norte que o Pinzón (o Vicente) descobriu em 1500 e nós redescobrimos quatrocentos anos depois...

Espera por mim, pai... lutando nesse teu garimpo inglório, podre de maleita, dormindo em rancho no meio da peãozada, adotando crianças órfãs de pais vivos, errando — quem sabe? —, desbravando a serra bravia e desterrando ao mesmo tempo a pobre gente índia que vai se espremendo para o norte — até quando, pai? Até quando, à medida que representa uma grande ameaça, como grandes fileiras de taocas, que vão em frente, sempre em frente...

Me espera, burro andarilho, virando as latas de Macapá; me espera, cão sarnento do trapiche do rio... me espera, grande rio, correndo largo e com destino certo, continuamos rebeldes, hein? Vendo tanta tristeza, tanta desventura, mas cevando no coração a esperança, criando raízes, como velhos jatobás que resistem sempre — resistem! —, a esperança forte, invencível — uma Esperança-Amazônia.

Sobre a autora

Giselda Laporta Nicolelis nasceu em São Paulo (SP), em 1938. Formou-se em Jornalismo pela Faculdade de Comunicação Social Casper Líbero. Publicou sua primeira história em 1972 e o primeiro livro em 1974. Foi então que descobriu seu verdadeiro caminho: a literatura infantil e juvenil, crianças e adolescentes.

Sua obra abrange mais de 100 títulos, entre livros infantis e juvenis, ficção, poesia e ensaio, publicados por dezenas de editoras, com milhões de exemplares vendidos. Exerceu também o jornalismo, em publicação dirigida ao público infantil e juvenil, e trabalhou como coordenadora editorial em duas coleções juvenis. Sócia (fundadora) do Centro de Estudos de Literatura Infantil e Juvenil – Celiju, cujo acervo se encontra atualmente na USP, da União Brasileira de Escritores – UBE, do Sindicato de Escritores do Estado de São Paulo e da Clearing House for Women Authors of America, USA.

Durante sua carreira, recebeu diversos prêmios: Prêmio Monteiro Lobato de Literatura Infantil, da Secretaria do Estado da Cultura – SP, 1974; Prêmio Nacional João-de-Barro de Literatura Infantil, da Prefeitura de Belo Horizonte – MG, 1980; Prêmio APCA – Associação de Críticos de Arte, do Estado de São Paulo, de Literatura Juvenil, 1981; Prêmio Jabuti, da Câmara Brasileira do Livro, em 1985, na categoria Literatura Juvenil, em parceria com Ganymédes José.

Nas palavras da autora: "Considero que, se um país não vive sem memória, o escritor é a memória viva de seu povo. E que escrever é um ofício solitário, mas altamente gratificante: eu sei que não estou sozinha. Haverá centenas, milhares de pessoas com meus livros nas mãos."

Segundo a própria Giselda explica, Macapacarana é uma palavra formada por duas outras: Macapá e pacarana, nome de um animal em extinção na Amazônia.

Sobre a obra

Macapacarana é o relato da mudança do jovem Gerson Luiz de São Paulo para o Amapá, onde ele encontra um mundo novo: o mundo das matas e dos rios, do garimpo de ouro, o mundo de José, o cozinheiro Índio, e de Tocha, com quem aprende a conhecer e desvendar os mistérios da Amazônia. Este livro contribuirá para a formação leitora de alunos de 6º e 7º anos, tendo em vista o desenvolvimento das competências envolvidas no processo de aprendizagem, em especial da prática de leitura nos Anos Finais do Ensino Fundamental, conforme definidas na Base Nacional Comum Curricular (BNCC), principalmente no que diz respeito a algumas habilidades, como:

> **(EF69LP44)** Inferir a presença de valores sociais, culturais e humanos e de diferentes visões de mundo, em textos literários, reconhecendo nesses textos formas de estabelecer múltiplos olhares sobre as identidades, sociedades e culturas e considerando a autoria e o contexto social e histórico de sua produção.
>
> (BNCC, 2017, p. 155)

> **(EF69LP47)** Analisar, em textos narrativos ficcionais, as diferentes formas de composição próprias de cada gênero, os recursos coesivos que constroem a passagem do tempo e articulam suas partes, a escolha lexical típica de cada gênero para a caracterização dos cenários e dos personagens e os efeitos de sentido decorrentes dos tempos verbais, dos tipos de discurso, dos verbos de enunciação e das variedades linguísticas (no discurso direto, se houver) empregados, identificando o enredo e o foco narrativo e percebendo como se estrutura a narrativa nos diferentes gêneros e os efeitos de sentido decorrentes do foco narrativo típico de cada gênero, da caracterização dos espaços físico e psicológico e dos tempos cronológico e psicológico,

das diferentes vozes no texto (do narrador, de personagens em discurso direto e indireto), do uso de pontuação expressiva, palavras e expressões conotativas e processos figurativos e do uso de recursos linguístico-gramaticais próprios a cada gênero narrativo.

(BNCC, 2017, p. 157)

Em *Macapacarana* são abordados o contato entre diferentes esferas culturais, sociais, regionais etc., e o encontro entre indivíduos de diferentes etnias, raças etc., sendo valorizada a presença de protagonistas que representem essa diversidade. A interação com a diferença revela seus desafios e benefícios, destacando-se a necessidade de um convívio democrático. Isso porque o livro retrata o dia a dia do jovem Gerson Luiz, que nasceu no Paraná e morou em vários outros estados antes de partir, na companhia da mãe, de São Paulo para o Amapá, para se juntarem ao pai, que anos antes fora para a região Norte em busca de ouro.

Quanto ao gênero literário, trata-se de uma **novela**. Por isso, é importante destacar os aspectos que determinam esse gênero. É a estrutura da narrativa que vai determinar essa classificação, e não o fato de a narrativa ser mais longa que um conto ou mais curta que um romance. Na novela, os acontecimentos se sobrepõem às ações das personagens, e o que é apresentada em *Macapacarana* é exatamente uma estrutura com muitas reviravoltas e intrigas que vão se desenrolando até o desfecho.